魔物をペット化する能力が目覚めました

うちの子、可愛いけれど最強です!?

しっぽタヌキ

23455

角川ビーンズ文庫

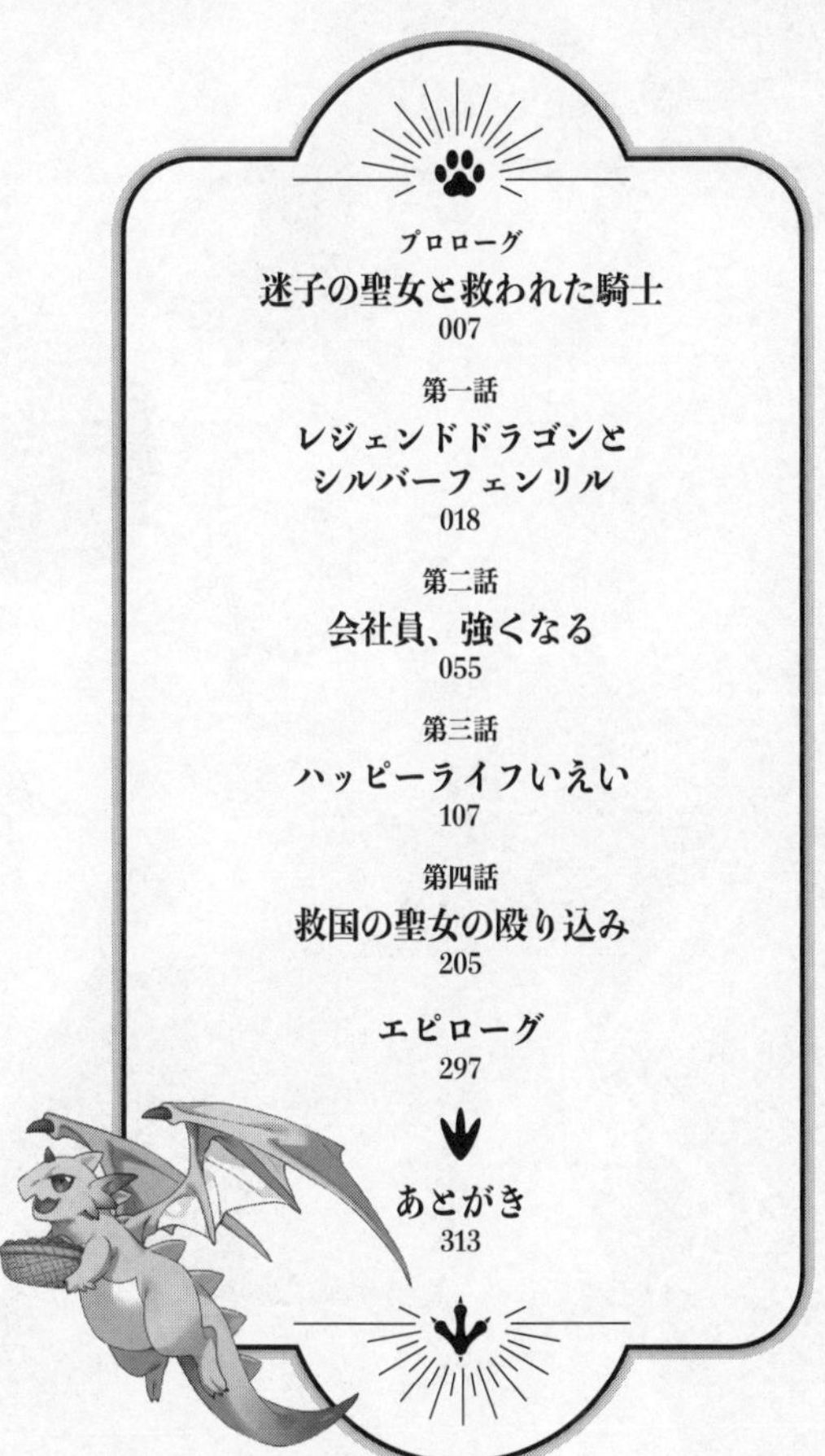

CONTENTS

葉野 透（はの とおる）
日本から異世界転移
した会社員。
魔物を小型化できる
シルフェ
魔物・シルバー
フェンリル
ザイラード
ギルアナ王国
第七騎士団団長

魔物を
ペット化する能力が
目覚めました
うちの子、可愛いけれど最強です!?

characters

本文イラスト／まろ

プロローグ◆迷子の聖女と救われた騎士

　仕事の帰り道。突然現れた景色に、私は目を瞬いた。

「え？　なにこれ……」

　どう考えてもおかしい。仕事に疲れて、ぼんやりと夜道を歩いていたはずなのに……。

　とにかく今日はめんどくさい一日だった。

　なぜだかわからないが上司の機嫌が悪く、いつもならサラッと終わるはずの仕事に対し、ねちねちと嫌味を言われ続けたのだ。

　でもまあこういうことは、しばしば起こる。自分自身では回避しようもないことだ。

　反抗したい心や逃げ出したい心を抑え込んで、粛々と仕事をこなす。そして、ようやく家へとたどり着くところだった。星空を見上げて、どこか遠くへ行きたいなぁ、なんて考えていたけど、まさかこんなことになるとは。

　真っ暗だった空は明るく、まだお昼ぐらいに思える。アスファルトの道は草が生い茂り、鉄筋コンクリートの建物は青々とした葉を風にそよがせる大きな木へと変わっていた。

　しかもその木は一本じゃない。あっちも木。こっちも木。一つ飛ばしてあっちも木。

……ちなみに一つ飛ばしたのももちろん木。

そう。仕事に疲れて遠い目をしていた会社員の私は、気づけば森へと迷い込んでいたのだ。なんでだ。

「……どこ、ここ？」

呆然と呟いた言葉は、森の中に吸い込まれていった。

その日、魔の森を部下たちと偵察していた騎士団長のザイラードは普段とは違う気配を感じていた。普段であれば、森へ一歩踏み入るだけで感じる、魔物たちの気配がない。

魔物といっても、森の奥深くまで行かなければ、小型の鳥やウサギ程度の存在だ。が、それらの姿を一切見ないのだ。……なにかがおかしい。

後ろをついてくる部下たちへと目配せすれば、心得ている、というように頷いた。

そうして、鎧を着た騎士たちが隙なくあたりを警戒しながら、森を進んでいく。

いつもならば見回り程度の任務だが、今日は何かが起こる、そんな予兆を感じながら——

「——っレジェンドドラゴンだ……!!」

ピリピリした気配の中、目のいい騎士が声を殺しながら、一点を指差した。

その声に他の騎士も一斉にそちらを見る。

ザイラードもその声に反応し、右手奥へと視線を向ければ、こんな森の入り口付近にはいるはずのないレジェンドドラゴンがいた。

「くそっ……」

「そんな、まさかっ……」

騎士たちに緊張が走る。

いつもの見回りのつもりであり、装備も人員も心構えもすべて不十分。魔物の中でも最強クラスであり、ほぼ物語の世界でしか登場しない敵と戦えるわけがないのだ。

白銀の鱗を持つ巨体。青い目が煌々と光っている。

幸い、レジェンドドラゴンは騎士たちに気づいていない。であれば、今ならばまだ逃げることが可能かもしれない。

「……よく聞け」

ザイラードは声を潜めて、部下たちに声をかけた。

「俺はここに残る。お前たちは騎士団の砦へ戻れ」

「しかしっ――」

「この中で一番強いのはだれだ？」

「……団長です」

「そうだ。俺がここを受け持つ。お前たちは砦へ戻り、みなに伝えろ。砦にいる副団長であれば、王国軍へと連絡が取れる。……このままレジェンドドラゴンが森の奥へ飛び去ればそれでよし」

一縷の希望。もしかしたらレジェンドドラゴンがここに現れたのは単なる気まぐれであり、すぐに姿を消す可能性もあるのだ。しかし――

「もし、このまま我が国の領土へと牙を向けた場合、被害はここだけでは済まないだろう。初手で王国が軍を整えられなければ……国家滅亡もありうる」

大げさではない。レジェンドドラゴンにより国が滅亡したことは過去にもあったのだ。栄えていた国が、最強クラスの魔物に襲われ、滅亡する。天災のようなもので、そこに国政は関係ない。人間同士の戦争などという生ぬるい戦いではないのだ。

勝っても利はない。そして――負ければ滅亡だ。

ここ魔の森は隣国との境目にあり、この森自体はどちらの国にも属していない。レジェンドドラゴンがどちらの国へも目を向けず飛び去れば、すべてが平和に解決する。

「――行け」

ザイラードの命を受け、騎士たちは音を立てぬよう、細心の注意を払い、離れていく。

ザイラードとともに残ろうとする者もいた。だが、ザイラードは彼らを足手まといだと追い返した。

ザイラードは強い騎士だ。しかし、レジェンドドラゴンの前で他者を守るような立ち回りができるとは思えなかったのだ。

レジェンドドラゴンに気づかれぬよう気配を殺し、そっと近づいていく。そうして、ザイラードは自身の剣の間合いまで距離を詰めた。

レジェンドドラゴンがなにか行動を起こせば、斬りかかることができる位置だ。ちょうどよく茂みがあったため、そこに身を隠した。

まだ、レジェンドドラゴンの動向はわからない。そう。このまま飛び去る可能性もあるのだ。ザイラードは一縷の希望を胸にレジェンドドラゴンを観察した。

しかし、その希望はすぐにかき消され――

「人間コロスカ」

ザイラードの望みを笑うように、レジェンドドラゴンは低く響く声で鳴いた。

高位の魔物は人語を理解できるという。レジェンドドラゴンは最強クラスの魔物であり、当然のように言語を使用できた。

「爪、ヒッカカッタ」

レジェンドドラゴンはそう言うと、ひょいと地面のなにかをひっくり返した。

それは魔物用の罠。近辺に住むだれかが、小型の魔物を狩猟するために置いたのだろう。

そして、運悪くそれがレジェンドドラゴンの爪にひっかかってしまったようだった。

レジェンドドラゴンにとって、魔物用の罠に爪がひっかかったことなど、取るに足らないことだ。が、レジェンドドラゴンはそんな些末（さまつ）なことで、人間を滅（ほろ）ぼすことに決めたようだった。

「ドチラニショウ?」

レジェンドドラゴンは右左と首を動かした。

魔の森はザイラードの国と隣国との国境に面している。

魔物用の罠を置いたのがどちらの国の者かはわからない。が、今、その存続がドラゴンによって決められようとしていた。

「ン?」

そのとき、ザイラードの潜んでいた茂みの奥からピチチッと鳥が羽ばたき、飛んだ。

レジェンドドラゴンはそれを目で追って——

「ヨシッ。ミギ」

——右。

それはザイラードの国だ。

「はぁっ!」

その瞬間（しゅんかん）。ザイラードはレジェンドドラゴンの首元に向かって、剣を一閃（いっせん）させた。

猶予（ゆうよ）はない。最初の一撃（いちげき）でできるだけ深く抉（えぐ）る。ザイラードにはそれ以外に勝算はないからだ。が――

「ッナンダ？」

レジェンドドラゴンの首まであとわずか。

剣は届くことなく、レジェンドドラゴンが大きく身を引いた。

「くそっ」

ザイラードは初撃の失敗がわかったが、すぐに追撃をかけた。

けれど、それはすべてレジェンドドラゴンの爪によって阻まれる。お互いに攻撃と防御を繰り返し、ザイラードには爪の傷が。レジェンドドラゴンにも幾筋かの剣が入り、硬い鱗を貫通していた。

「オマエ、人間ニシテハ、ツヨイ。普通トハチガウ匂イガスル」

「言葉がわかるなら、魔の森へ帰ってくれ」

「ナイ。キメタコト、カエナイ」

レジェンドドラゴンはそう言うと、深く息を吸った。

「ブレスが来るっ……」

ザイラードは背中に冷たい汗が流れるのを感じた。

爪であれば、剣で防ぐことができる。だが、ドラゴンのブレスは高温の衝撃波だ。連続で攻撃されれば、人間であるザイラードに勝機はない。

もっとも、それははじめからわかっていたこと。だから、ザイラードは初手で決めるつもりだったのだ。初手を避けられた時点で、ザイラードに勝機はなくなっており――

「ここまで、か……」

ザイラードは呟いた。

目の前には息を吸い終わったドラゴン。次の瞬間にはザイラードの姿は跡形もなく消えるであろう。せめて、逃がした騎士たちが伝令の役目を果たしてくれればいいが……。

ザイラードの凪いだ目。それを見てレジェンドドラゴンはニィと笑ったようだった。

そして――

「うわぁ、これドラゴン⁉」

――突然、聞こえてきた声。

瞬間、レジェンドドラゴンはゴクンとブレスを呑み込んだ。そして、その鱗に包まれた体が輝き出し――

「は？」

「ン？　ナンダ？」

ザイラードが呆けた声を出し、レジェンドドラゴンははて、と首を傾げた。

緊迫した戦闘を繰り広げていた二人、今、ちょうど勝敗が決まるところだった。しかし、それはあっという間に覆り――

「……？　チイサクナッタ」

——レジェンドドラゴンの体が、ぐんぐんと小さくなっていった。

「あれ？　ドラゴンがただのトカゲになっちゃいましたね」

明るく透き通るような声。

不思議そうな声の主を探せば、ザイラードの後ろにその人物はいた。

「……女性？」

黒い髪に黒い目。珍しい服装の女性がそこにいた。

そして、さきほどまで大きな体をしていたレジェンドドラゴンが、その女性の胸元に飛び込み——

「トカゲジャナイ！　レジェンドドラゴンダ！　ツヨイ！」

「あ、そうなんだ？　ごめん」

「イイ。ユルス。スキ」

「あ、どうも」

ほのぼのとした（？）会話をしている。

よくわからないが。全然わからないが。

「……レジェンドドラゴンが小型化し、女性に懐いた、のか？」

起こったままを述べれば、そういうことだ。

こんなことがありうるとは思えない。が、ザイラードは自身の目で、たしかに目撃した。

これが現実だ。

この女性は救国の聖女なのだろうか……？

ザイラードは救国の聖女など夢物語だと、信じていなかった。けれど、実際にここで起こったことは、そうとしか考えられない。

ザイラードは女性の後ろから光が差したのを感じた。

思わず、その場に跪く。女性の神々しさに自然と体が動いたのだ。

すると、女性はザイラードへと駆け寄ってきた。

そして、ザイラードをじっと見つめて——

「すみません、出会って早々で申し訳ないんですか、助けてもらえませんか？」

え？

「……いや、助けられたのは俺だが」

そして、この国なんだが……。

ザイラードは困惑した。

第一話・レジェンドドラゴンとシルバーフェンリル

「あなたは救国の聖女か？」

目の前のイケメンが私の前に跪き、きらきらと輝く瞳を向けている。

瞳の色はとてもきれいなエメラルドグリーンだ。こんな色、日本では見たことがない。というか、外国にもいそうにない。

髪の色は金色でこれもきらきらと輝いている。全体的にすべてが輝いてるな……。

が、告げられた言葉の意味がわからない。

きゅうこく……、救国？　せいじょ……、聖女？

「えっと、救国とは、国を救う？　であってますか？」

「ああ、そうだ」

「そして、聖女とは、聖なる女性？　であってますか？」

「ああ、そうだ」

そうか。

「人違いですね」

私はただの会社員なので……。

「しかし、あなたの肩にいるのは……」

「肩」

エメラルドグリーンの目に釣られて、自分の右肩を見る。

白銀の鱗に青色の目がきゅるんとかわいい、トカゲ……ではないらしい、なにか。

さっきまで胸元にいたんだけど、私の肩へと移動したようだ。ちょうどトイプードルサイズで、パタパタと羽を動かしている。

「レなんとかドラゴン……」

「レジェンドドラゴンダ！」

「そうそれ」

レジェンドドラゴンね。わかった。覚えた。

「……君、さっきまで大きくなかった？」

仕事帰りに突然、森へ来てしまった。で、金属のぶつかる音がして近づいたら、漫画とかゲームとかに出てきそうなドラゴンがいたんだよね。不穏な雰囲気がして、思わず、こう「ちょっと待ってください！」みたいな感じで手をかざす？　みたいになったら、ドラゴンが小さくなっちゃったんだよねぇ。

「オレハオオキカッタ！」

「だよね。どうして小さくなったの？」

「ワカラナイ！」

「そっか」

じゃあしかたないか。早々に思考を放棄。本人がわからないならわからない。

するとイケメンが神妙な顔をして私を見上げた。

「見たことをそのまま伝えさせてもらうが、あなたがドラゴンを小型化したのだと思う」

「わたしが　どらごんを　こがたか」

ちょっと漢字変換が追い付かない。

「……あの、私、今、助けてくださいとお願いしたと思うんですが」

「ああ」

「申し訳ないんですが、自分の状況がよくわかってなくて。仕事帰りでここと違う場所にいたんです。で、気づいたら森で……。なんか迷子かな？　っていう感触なんですよね」

事情的に。

「なので、ドラゴンを小型化するなんて無理ですし、私は今、混乱してるところです」

「なるほど。気づいたらこの森にいた。どうしたらいいのか、と」

「はい。ですので、助けてほしくて、こうして声をかけました」

すごく変なことが起きていることはわかる。私の謎事情を説明されても、この金髪の男性も困るだろう。が、すべてをそのまま伝える。私は疲れているのだ。不機嫌な上司のねちねち攻撃により、もはや脳が停止していて、深く考えられない。

「……わかりました。どうやら疲れているようだ。俺も突然のことで驚いている。ただ、あなたが俺と、そしてこの国を救ってくれたのはたしかだ」

男性はそう言うと、スッと立ち上がり、私の手を自然にとった。

「俺の名前はザイラード。第七騎士団の団長をしている。あなたを賓客として騎士団へと案内する」

「ひんかく……きしだん……」

だめだ。本当に全然漢字変換できない。

「オレモイク！」

右肩ではレなんとかドラゴンが元気に声を上げる。

私は男性とドラゴンを交互に見て、うーんと考えた。一応、年頃の女性としての危機意識や、ここまで生きてきた社会人的常識によって、このままついていくか迷う。が……。

「……よくわからないんですが、お願いします」

このイケメン、すごく輝いている。私を騙してどうにかしてやる！　というような雰囲気はない。……もしかしたら、顔に釣られてノコノコついていったら、怖い人がたくさんという展開はあるかもしれない。が、見知らぬ深い森の中で、ほかに頼れる人もいないしね。もう私はなにも考えたくない。疲れた。ので、ついていってみよう！

「あなたの名前は？」

「あ、葉野透といいます」

「ハノ・トール」

「はい」

金髪イケメン、えっと騎士団長？　のザイラードさんに名前を尋ねられたので答える。発音とかがしっくり来ていないので、漢字変換されてない気がするが、まあいいか。

それよりも気になっていることを聞かねば。

私はザイラードさんに手を取られ、森を歩きながら、気になっていることを聞いた。

「あの、ここどこです？」

そう。ここどこなのか問題。

「ここはギルアナ王国の国境付近。魔物が住む森だ」

「ほぅ」

なるほど。ＯＫ。これでここどこなのか問題は解決した。

「全然わからないですね」

仕事で疲れ、脳が停止した私には到底理解できない、と。はい結論。

「あの、日本って国は知っていますか？」

「ニホン？」

「あ、いえ、いいです」

ザイラードさんのきれいなエメラルドグリーンの瞳が不思議そうに私を見た。そして、その瞬間に悟った。

――ここ異世界じゃね？

「……あの、異世界って信じます？」

怪しいことは重々承知。だが、聞くしかない。

なので、エメラルドグリーンの瞳を見上げてみると、ザイラードさんは思ったよりも不審な表情はせず、ふむ、と考えるように目を伏せた。

「ここは違う世界、ということだろう。あなたはつまり、異世界から来たのではないか？　ということか」

「はい、そんな感触がしています」

ザイラードさんって考え方が柔軟だな。初対面の人に「あなたは異世界を信じますか？」と聞かれて、「あなたが異世界から来たということですか？」と返せる人がいるだろうか。

たぶん、私が日本でそう言われたら、とりあえず交番に案内しちゃうよね。困ったときは警察へ。あ、そう。交番。警察。

「あの、ここが異世界だとして、私はここでどうしたらいいのか……。私みたいな人が困ったときに世話になるような場所ってありますか？」

警察とか交番とか、そういうのがあればいいなぁ。大使館なども思い浮かぶが、なんせここ、異世界だしな……。日本大使館はないだろうな……。

不安の中、疑問を投げると、ザイラードさんは私を安心させるように頷いた。

「それについては心配ない。騎士団はこの地に住む民を守る役割があり、困った人がいた際には手助けもしている。そして、俺はそこの団長をしていて、あなたを第七騎士団の賓客として、案内したい」

「ほう」

つまり、第七騎士団が警察的機能を果たしていて、私をそこへひんかく……賓客？　つまり客人として扱ってくれるということだろう。それならば、とりあえずは屋根のある寝床と食事にはありつけそうだ。

「すみません。状況がわかって、事態が呑み込めて、なんやかんや理解が進めば、それなりに考えて、立ち回るので……」

たぶん。きっと。ふわっとした感じで申し訳ないが。一応、会社員なので、なにもせず延々と無駄飯を食らうぞ！　とは思ってはいないので……。

「申し訳ないんですが、落ち着くまで、お世話になってもいいでしょうか」

そこまでしてもらうのは気が引けるし、すぐに信じるなんて危ないかもしれない。が、手を引いてくれるこの温かさが私の警戒心を解いていく。それに一度も私を不審者扱いしないのも好感がもてた。

よくわからないまま森に放り出された先にザイラードさんがいてくれたことが幸運としか思えない。ので、ザイラードさんの優しさに甘えようとぺこりと頭を下げる。

すると、落ち着いた声がかけられて――

「俺はあなたを救国の聖女だと思っているし、国にはそう伝えるつもりだ。落ち着くまでと言わず、ずっといてくれて構わない。それに、異世界から来たということならば、それについての情報収集にも協力しよう」

「え、神かな」

ザイラードさんの優しい言葉に思わず言葉が漏れる。

怪しい会社員になんて温かい言葉を。輝く金色の髪の向こうから後光が差している。

「俺はあなたに命を助けられた」

「……本当ですか、それ？」

「ああ。その肩にいるレジェンドドラゴンに殺されるところだった。そして、気まぐれに国も滅ぼされるところだったからな」

「……この小さくなったドラゴンが？」

「最初に見たときは大きかっただろう？　レジェンドドラゴンは最強クラスの魔物だ。部下を先に帰らせて、伝令を頼んだ。今頃、転移魔法陣で王宮から王宮軍が到着しているころだろう」

「おうきゅうぐん」

なんかすごそうな単語が出た。

「俺はレジェンドドラゴンを見つけたときにはすでに死を意識していた。王宮軍が到着するまで、せめて、レジェンドドラゴンの到着を上層部へ伝えるまで。その一瞬のために時間稼ぎがしたかった」

自らの決意を淡々と話すザイラードさん。声の調子が変わることはなかったが、だからこそザイラードさんの意志の強さと、本気が感じられた。

私が「ドラゴンだぁ」とのんきに声を上げていたとき、ザイラードさんは国のため、自らの命を差し出している真っ最中だったというわけだ。

「あなたが一瞬でも遅ければ、レジェンドドラゴンはブレスを吐き、俺の命は終わっていただろう。あなたがドラゴンを小型化し、さらに親愛も向けられている。俺はそれを――奇跡だと思った」

ザイラードさんはきれいなエメラルドグリーンの瞳をまぶしそうに細めた。

その表情と言葉に私はなにも言えなくて……。

「あなたが異世界から来たというのならば、それこそが救国の聖女の証だと思う。あなたの功績に見合うもてなしができるかはわからないが、あなたの暮らしが良くなるよう、努力させてほしい」

……きらきらしているわぁ。

なんかわからないけど、拝みたくなる。私はそっと両手を合わせた。

「神だ……」

そうして、自分が異世界転移したこと、レジェンドドラゴンという最強クラスの魔物（？）を小型化したのかもしれない、ということまではうっすら理解できた。あと、ザイラードさんが神で、騎士団のお世話になれば、生活に問題はなさそうなことも。

お互いの認識のすり合わせが終わった私たちは森の出口へと向かった。森の出口には馬がいて、森から騎士団までは馬での移動となった。

馬は一頭しかいないし、普通自動車（AT限定）運転免許しか持っていない私が馬に乗って颯爽と進むことはできない。ので、恥ずかしながらザイラードさんと二人乗りをして、騎士団へと向かったのだが——

「聖女様だ！」

「聖女様のおかげで国が救われた！」

「伝説にある救国の聖女様だ！」

——騎士団は救国の聖女の登場に熱狂していました。

なにかの動物が描かれた旗（国旗かな？）が、歓声に合わせてはためく。まさに勝利を祝うワンシーン。

ちなみに話題の聖女様は私のことではない。私がザイラードさんと騎士団についたときにはすでにフロアは最高潮だったので……。

「……救国の聖女はここにいる」

盛り上がる面々に、ザイラードさんが低い声で、けれどしっかりと通るように告げた。

その言葉に熱狂していた空気が一瞬で静まり返る。そして、私へと視線が集まり——

「なんだそいつは」

——聞こえたのは、バカにしたような声だった。

「ザイラード、遅れてやってきてその言い草はなんだ！　お前と一緒にいるのが救国の聖女だと？　笑えることを言うじゃないか」

無駄にきらびやかな衣装の男性がやれやれと肩をすくませる。

「レジェンドドラゴンの襲来に際し、異世界から来た救国の聖女様はこちらだ！」

偉そうに胸を張った男性が、隣にいる女性を示した。そこにいたのは——

「わぁ美人な女子高生」

——とてもかわいいセーラー服の女子高生。そして、女子高生は私を睨んで、叫んだ。

「私が聖女よ！」

そうか。

「あちらが聖女様みたいです」

どうやら。よくわからないが、本人が言うからそうなのだろう。

あっさり納得すると、ザイラードさんはなんとも言えない顔で私を見た。

「俺はあなただと思うが……」

「私は私だと思わないですね……」

認識の相違。ザイラードさんには出会ったときから『救国の聖女』認定をされていたが、一回もしっくり来ていない。ので、女子高生がそうだと言うのならば、そっちが正しいのではないだろうか。

すると、きらびやかな衣装の男性が話を始めた。

「第七騎士団からレジェンドドラゴン襲来の知らせを受け、私たち王宮軍はすぐに飛んだ。半信半疑で転移魔法陣を使ったが、ここに到着して、その知らせが真実であるとわかった。魔の森にいたレジェンドドラゴンの姿がこちらからも見えたからだ」

「最初、レジェンドドラゴンの姿は巨大だったからな。遠くからでも見えただろう」

「ああ。ザイラードが戦っているとは聞いていた。私たちもすぐに駆け付けようとしたのだ。すると、そこに聖女様が光に包まれて現れたのだ……！」

なるほど。理解。時系列で言うと、

・レジェンドドラゴンが現れる
・ザイラードさんが気づく
・（たぶんここあたりで私が森に迷い込む）
・ザイラードさんが部下を逃がし、王宮へと連絡する
・ザイラードさんとレジェンドドラゴンが戦う
・（たぶんここあたりで私が森をうろうろする）
・王宮軍が騎士団の許へ到着する
・王宮軍がレジェンドドラゴンの姿を確認する
・光に包まれた美人な女子高生が騎士団の前に現れる

こうだろう。私が迷子になっている間に、いろいろとことが進んでいる。

「聖女様はな！　ドラゴンを見つけた瞬間に祈ったのだ！」

「祈る……」

それはすごい。私はドラゴンを見つけた瞬間、「うわぁドラゴンだぁ」って感嘆してしまった。ドラゴンを見つけたら祈ろうなんて、生きてきて一度も思ったことがない。瞬時にできた女子高生はもはや別次元の存在だ。たしかに聖女っぽい。

「その瞬間、ドラゴンは消えた！　聖女の力で浄化されたのだ！」

「はい。私にはそういう力があると思います」

きらびやかな衣装の男性の隣で、美人な女子高生は自信たっぷりに頷いた。この子がそう言うならばそうなのだろうと思わせる力がある。説得力◎。

私は右肩をちらりと見た。

「だってさ。君、浄化されたみたいだよ？」

「浄化サレテナイ！　チイサクナッタダケダ！」

「まあ、これでどうして小さくなったかわかってよかったね」

美人な女子高生に祈られたからだ。平凡な会社員に手をかざされたからというより、箔がつくだろう。よかったよかった。

私が「うんうん」と頷くと、ドラゴンは抗議するように、パタパタという羽音を大きくした。私の頰に当たる風が強くなる。

「風強い、風強い」

適当にかわしていると、ザイラードさんが私の手を離した。

そして、女子高生のほうへと向かっていく。

「……あなたは、あの小さなものをどう思いますか？」

「あの女性の肩にいるのよね？　なにも思わないわ」

「……浄化とはどういうものですか？」

「それは……その、うまくは言えないわ。説明してもわかってもらえる感覚ではないから」

女子高生は後半、言葉を濁すと、ザイラードさんから姿を隠すように、きらびやかな衣装の男性の後ろへと回った。

「ザイラード、威圧するのはやめろ」

「……そんなつもりはないが」

「お前は常に人を恐怖させるんだ。気をつけろ」

きらびやかな衣装の男性は、女子高生を守るようにザイラードさんの前へと立った。

「私はこの女性を救国の聖女として王宮へと連れて行く」

「……それならば、彼女も一緒に」

ザイラードさんが私を示す。

「俺は彼女こそが国を救ったと思っている。この目で見たからだ」

「お前はドラゴンと戦っていたから、よくわからないうちにドラゴンがいなくなって、戸惑っているんだろう」

男性はザイラードさんの言葉をハッと鼻で笑った。そして、私へと視線を移す。……が、いやな感じだ。

「そうだな、たしかにそこにいるのも、この国の服ではないものを着ているな」

しげしげと私を観察した男性はいやそうに顔を歪ませた。

「まあ、一緒に連れて行ってもかまわないが」

その目から嫌悪が漏れ出ている。というか、隠そうともしていない。

救国の聖女様を見つけた！　と盛り上がっているところだったしね。そんなときに私が来てしまったのがよくなかったのかもしれない。最高潮だったフロアがちょっと沈んだしな。しかも、ザイラードさんは私のことを聖女だと主張しているし……。

本当は捨て置きたいが、ザイラードさんの言葉を無視できない。しかたなく、面倒に関わっているというのが、ひしひしと伝わる。

正直、初手からこんなに嫌われている人と一緒に行きたくはない。しかも、周りの空気から感じるに、それに対して意見を言えるのはザイラードさんぐらいのようだ。

立場のある嫌みな人に嫌われるって、それどんな仕事の続き……。嫌み上司にねちねち絡まれながらの勤務をようやく終えたというのに。まだ今日という一日は続くのか……。

死んだ目になる。

すると、きらびやかな男性は私を見下しながら、指差した。

「おい、お前。ザイラードにうまく取り入ったな。連れて行ってやってもいいぞ。『ついで』にな」

うーん、行きたくない……。

が、異世界に迷い込んでしまった私はなにももっていない。屋根のある寝床も食事もないのである。そして、縁もよすがもお金もない。

となれば、だれかに世話になる以外に生きていく道はない。わざわざ『ついで』を強調する人間とともに行くのはいやだが、しかたがない。ザイラードさんも、この人に私を連れて行くように頼んで（？）いたしね。

「そのかわり、もう二度と『救国の聖女』だなどと、欺こうとするんじゃないぞ」

男性はそう言って、いやそうに顔を歪めた。

……欺くもなにも、私だって自分がそうだとは思っていない。美人な女子高生と平凡な会社員。聖女がどちらかと聞かれたら、それは女子高生だ。私もそう思っている。のに、私の話も聞かず、一方的に私が聖女を騙り、ザイラードさんに取り入ったと言われると、ムカムカする。どっと心労が増した。これ以上疲れさせるんじゃない……！

思わず表情に出そうになる。その瞬間――

「うるさい」

――バキッとなにかが当たる音が鳴った。

「俺は彼女を『救国の聖女』として連れて行ってほしいと言ったんだ。彼女を敬うつもりもなく、勝手に話を進めて、彼女を貶めるようなことを言うのは許さない」

「な……な……っ、ザイラード、殴ったな!?」

「用が済んだなら帰れ」

きらびやかな衣装を着た男性が地面に尻もちをつき、頬に手を当てていた。

ザイラードさんはその前に立ち、低く響く声で淡々と告げている。

私には背を向ける形なので、ザイラードさんの表情は見えない。が、すごく怒っていることが伝わってくるな……。

私も一瞬、怒ったはずだが、私以上に怒ったザイラードさんを見て、スンッと落ち着く。

え、というか、大丈夫？　ザイラードさん殴っちゃったの？　え？　なんかきらびやかな衣装の男性、地位が高そうだけど……!?

「申し訳ない。いやな話を耳に入れてしまった」

ザイラードさんは地面に座り込んでいる男性から離れて、私の許へと戻ってくる。

普通にイケメンな表情で、優しい声だ。

「疲れていると言っていただろう？　こちらへ。まずは休める場所へ案内する」

そう言って、左手を差し出してくれる。また手を取って案内してくれるつもりのようだ。

自然に私も手を乗せると、温かな体温が伝わる。……この手で殴ったのだろうか。

私の疑問が顔に出ていたようで――

「大丈夫だ。殴ったのは反対の手だ」

――ザイラードさんはいい顔で笑った。

わぁ、いい笑顔。イケメン。だが、よかったのか……？

「あなたが王宮へ行けるよう、違う方法を取るから心配しなくていい」

　ザイラードさんが私の手を引きながら、優しく話してくれる。

　殴り飛ばされたきらびやかな衣装の男性。彼についていかなくても、違う伝手で私は王宮へ行くのだろうか。

「あ、それなんですけど、王宮って行かなきゃいけない場所なんでしょうか？」

　そもそも論。必ず行かねばならないのだろうか。正直、行きたいと思えないのだが……。

「必ずというわけではない。が、救国の聖女としての待遇と、国の中枢部での華やかな生活を送っていけると思う」

「なるほど……」

「俺が団長をしている第七騎士団は、魔物を相手にする危険な任務であり、駐屯地も国境付近の僻地だ。もちろんここにいる間は俺たちがあなたを軽んじることはない。が、ここにいるよりも王宮での暮らしのほうが、安全で楽しみもあるのではないか、と」

　ザイラードさんの話を頷きながら聞く。

　つまり、ザイラードさんは私を追い出すために、王宮の話をしているわけではない。むしろ、私のために王宮のほうがいいのではないかと考えてくれたようだ。それならば――

「しばらくは、このままでお願いできませんか？」

　エメラルドグリーンの瞳を見上げる。

「私は華やかな暮らしより、気を張らない暮らしをして、少し休みたい気分で……」

自分が聖女であると主張した美人な女子高生。若さに溢れていた。救国の聖女になって王宮へ行く！　というバイタリティを感じたよね。

が、私にはそれはない。上昇思考も贅沢への欲もないのだ。ただただ疲れている。休みたい。休ませてくれ。異世界に来てまで、人間関係に胃を痛めたり、ねちねち嫌味を言われたり、マナーや作法やなんやかや、面倒なことをしたくない。

——ハッピーライフ希望。

「魔物のいた森は木の実が採れたりしませんか？」

「採れる。キイチゴがうまいな」

「あーそれ食べたいです」

キイチゴを摘んで、カゴいっぱいにしたい。

「川があったりして、魚が釣れたりとかは？」

「川はある。あまり人間が来ないから、釣り罠に慣れていない。釣竿を下ろした途端にすぐにかかるぞ。塩焼きがうまい」

「あーそれも食べたいです」

釣りはしたことがないが、ザイラードさんの話だと、素人の私でも一匹ぐらいは釣れるかも？　ぜひやってみたい。

「王宮に行くより、そういうことがしたいな、と。ご迷惑かとは思うのですが……。もちろん、働くことができれば、そちらの手伝いもします」

「いや、救国の聖女を働かせるなど……。しかし、本当に、そんなことでいいのか？」

見上げたエメラルドグリーンの瞳が驚いたように私を見ている。

なので、私はへへっと笑った。

「とても魅力的です」

疲れすぎて、脳が活動をやめているせいかもしれないが、元の世界に戻ってどうこうよりも、ここでそうやって生きていくのもいいのかもしれない、と思う。

とにかく、王宮に行くよりは絶対にこちらにいたい。

すると、ザイラードさんはふっと息を吐いて――

「そうか。それならば、ここにいてくれるとありがたいな」

――ははは っと爽やかに声を上げて笑った。

金色の髪が輝き、エメラルドグリーンの瞳が柔らかく細まる。はい、イケメン。はい神。

「――っザイラード!!」

そんな私たちへと苛立ったように声をかける者が。

振り返ると、そこにはまだ尻もちをついたままのきらびやかな衣装の男性とその陰に隠れるようにいる女子高生が見えた。

「お前は騙されている！　目を覚ませ！」

……うん。この場合、騙しているのは私であろう。が、私には人を騙す活力がない。休みたいだけなので。

「……もう一発」

ザイラードさんはぼそりとそう呟いた。そして、私から手を離して――

……もういっぱつ？　もう一発。あ、それ、あ、それ……。

「ザイラードさん、私は気にしてないので……」

すでに歩き始めてしまった背中に一応、声をかける。

が、ザイラードさんはいい顔で笑うだけだ。

「心配ない」

いや、心配というか……。

すると、その途端、森のほうにズンッとなにか重いものが着地したような音がした。そして、ゴウゴウと音を立て、地面が揺れる。地震⁉

「シルバーフェンリルだ‼」

警戒の声を上げたのは、騎士のうちの一人だったのだろう。

その声に反応し、みんなの視線が一斉に魔の森へと移る。そこにいたのは――

「うわぁ、大きい狼」

白いきれいな毛皮のとても大きな狼。異世界だし、わかってもらえないから大きな声では言えないが「黙れ小僧！」とか「お前にほにゃららが救えるか！」とか一喝してきそう。

あのアニメ映画の……あの感じ……。

違いがあるとすれば大きさか。今、私が見ている狼のほうが大きそう。

大きな白い狼は森にいる。が、その森の木よりも大きいため、騎士団の敷地から見えているのだ。レジェンドドラゴン同様、かなりの巨大さである。

これまでを振り返ってみる。森に迷い込み、ドラゴンを見た。そして今度は大きい狼。なんて日だ。今日という日が終わらない。

「警戒態勢！　魔法騎士は前へ出て並べ！　他は弓を持ち右翼と左翼へ展開しろ！」

私がぼうっと狼を見ていると、ザイラードさんの指示が飛んだ。戦闘になる感じか。

大きな白い狼がどうやって現れたかはわからない。が、この地響きが狼の足音だということはわかった。

「魔法騎士が来ていてよかったな!!　王宮軍はザイラードの指示を聞くように！」

きらびやかな衣装の男性も、ようやく立ち上がった。

話からするに、魔法騎士？　は王宮軍に所属しているようだ。で、きらびやかな衣装の男性はそれをまとめる役割がある。そして、ザイラードさんに権限を委譲したっぽいな。

そうこうしている間に、大きな白い狼が私たちのほうへギロリと視線を向けた。

白い毛皮に燃えるような赤い瞳が光っている。

「ア、ニンゲン」

聞こえたのは思ったよりもかわいい声だった。小さい男の子みたいな……。

「アソブ？」

かわいい声とかわいい提案。しかし、それに対して図体が見合っていない。こちらに力強く歩いてきているが、四足歩行の足が地面に着くたびに、揺れた。地震だ。

「こちらに来るぞ！　撃て!!」

かわいい言葉はみんなにも聞こえているのだろうが、その巨体と揺れに焦ったのだろう。

きらびやかな衣装の人が焦れたように叫んだ。

ザイラードさんの指示を待つはずが、自分で指示をしてしまっている。

その指示に戸惑ったのは、魔法騎士たちだ。きらびやかな衣装の男性の指示に従うべきか、ザイラードさんの指示に従うべきか。命令系統が二つになってしまうと困るよねぇ……。魔法騎士たちはザイラードさんの顔色を窺っている。

「ダメだ、待て！　あちらはまだこちらに敵意を示していない」

ザイラードさんは魔法騎士の視線に首を横に振って答えた。けれど――

「うるさい！　王国を治めるのは過去に伝説の魔物を斃した一族だ！　シルバーフェンリルなどに怯むな！　戦え！　撃て、撃つんだ!!」

きらびやかな衣装の男性が、もう一度叫んだ。

その言葉に、魔法騎士たちはその指示を聞くことを選んだのだろう。手に持っていた剣を大きな白い狼へと掲げる。そして、無数の火の玉が向かっていき——

「ン？」

——白い毛皮に着弾する。

火の玉は毛皮に当たった途端、いくつもの小さな爆発を起こした。

「やったか⁉　さすが王宮軍の魔法騎士だ‼」

きらびやかな衣装の男性が魔法騎士を称賛する。

魔法騎士たちもうまくいった手ごたえがあったのだろう。それぞれがすでに剣を下ろしていた。けれど、ザイラードさんはじっと爆発を見つめていて——

「ナニコレ」

——噴煙の向こう。大きな白い狼は無傷だった。

「火ノ玉デ、アソブ？」

聞こえてきた声に魔法騎士たちが慌てて、剣を掲げる。

「くそっ撃て‼　撃つんだ‼」

きらびやかな衣装の男性が焦ったように声を上げた。

それを合図にし、また無数の火の玉が生まれる。そして、同じように狼へと向かい——

「コノアソビ、タノシクナイ」

——やはり無傷。

「くそっ……どうなって……」

「シルバーフェンリルは伝説の魔物だ。この程度の魔法は効かないのだろう。こちらから攻撃を二度も仕掛けてしまった。声も不機嫌になってきたし、次はないぞ」

「くっ……」

「魔法騎士は攻撃をやめろ。魔法障壁を作るんだ」

ザイラードさんの言葉に魔法騎士たちは剣の掲げ方を変える。その途端、青いシールドが森と騎士団の境界線に張られた。そこに狼が突進してきて——

「ナニコレ」

バキンと音がして、青いシールドが砕ける。シールドは一応その役割を果たしたようで、狼はそこで立ち止まった。

その隙を見逃さず、ザイラードさんが地を蹴る。

「もう一度、魔法障壁を！　俺が行く!!　矢を両翼から降らせろ！」

どうやら前線に立つようだ。きっと一番危険な場所へ行くのだろう。走っていく背中を見送る。途端、胸に不安がよぎった。

この背中が、ザイラードさんを見た、最後の記憶になるかもしれない……。

すると、その不安をかき消すように、声が響いて——

「大丈夫だ！　こちらには救国の聖女様がいる!!」

──そうだ！　こちらにはバイタリティ溢れる、美人な女子高生がいる！

救国の聖女についての発言をしたのはきらびやかな衣装の男性だ。

その言葉を受け、私を含め、全員の目が、女子高生に注がれる。その目にあるのは救いを求める期待。

女子高生は私たちの視線に力強く頷くと、胸の前で手を組んだ。

──これは美しい。

まるで宗教画のような場面だ……。背景にきらきらと光が飛んでいる気がする……。

これが魔物の浄化だというのならば、たしかにそうなのだろう。

きっと、これで大丈夫。ザイラードさんも国も救われる。そう思ったのだが──

「ンー。ナンカ、ムカットシタ」

狼は首をひねっていた。

……うん。全然、浄化されてないな。

「……もう一度……っ！」

美人な女子高生は、めげずにもう一度祈りの姿勢を取った。やはり美しい。宗教画のよう。が──

「ムカットシタ」

――狼には一切の変化はない。

……流れる微妙な空気。救われると期待した分、なにも起こらなかったことに戸惑いが大きいな……。王宮軍の魔法騎士たちもチラチラとお互いを見合っている。

すると、美人な女子高生は手をほどき、そっと頭に手を当てた。

「……めまいがします。力を使いすぎたのかも……」

「そ、そうか！　そうだ！　救国の聖女様はすでにレジェンドドラゴンの浄化で力を使っている！　疲れが出たのだ！」

「すこし休みを……！」

「もちろん！」

この状況で休暇申請。そうか。

「ヤナキブン」

もちろん、救国の聖女の休暇申請を目の前の狼が聞き届けるわけがない。

狼は地面を蹴り、飛んだ。魔法障壁も飛び越え、向かってくるのは私たちのところだ。

――やばい。

このままでは私たちは狼の下敷きになるしかない。

未来を想像し、冷や汗がたらりと垂れる。

すると、私の右肩にいるドラゴンが大きく息を吸った。そして――

「キエロ！」

重低音とともに、銀色に輝く直線が狼に突き刺さった。その瞬間、爆発音が鳴り響く。

これまで王宮軍の魔法で足止めが精いっぱいだった狼は、その衝撃に耐えられなかったようで、大きく後ろへと吹き飛ばされて……。うわぁ……。

「君、強いね……」

「オレハツヨイ、イッタダロ！」

「うん……。今のなに？」

「ブレスダ！」

これがブレス……。ドラゴンの……。本当に強くてびっくりした……。

「チイサクナッタダケ！　ツヨイ！」

「そうだね」

さっきまでは女子高生を見ていた騎士たちの目。それが私のほうへと注がれているのを感じる。それは気にしないようにして、吹き飛ばされた狼を見た。

狼は吹き飛ばされたが、まだまだ元気なようだ。

地面を蹴って、こちらに向かってきているのが見える。そして、地震が起こっている。

こちらまで帰ってきた大きな白い狼は悔しそうに吠えた。

「ドラゴン、チイサイクセニ！」

大きな白い狼は私の右肩にいるのがドラゴンだと理解したようだ。そして、そう言われたドラゴンがフンッと鼻で笑った。

「ウルサイ、ヨワイイヌ！」

「イヌジャナイ！　シルバーフェンリル！」

「ヨワイイヌー！」

「イヌジャナイ！」

……これは。これはいったい。

すごく大きな白い狼と、私の右肩の小さいドラゴンが喧嘩をしている。そして、狼が悔しそうに地団駄を踏むたびに地震が起きている。困る。

「二人とも……落ち着いて……」

なんにも考えていない。他意もない。ただ、地震が困るな、と思った。

たまたまちょうど、ドラゴンと狼の間に立ってしまったために、仲裁役のようになってしまったのだ。で、その際「まあまあ」みたいな感じで、手をかざしてしまった。

すると、左手をかざされた大きな白い狼の体がグングンと小さくなって——

「あ……これは……」

さっき見たやつ。なんかドラゴンが小さくなったあれと一緒——っ！

「ボク、チイサクナッタ!!」

――大きな白い狼は、とってもかわいい白いポメラニアンになってしまいました。

「なるほど。わかった。私は魔物をペット化できる」

私は一人呟く。ピンと来た。ピンと来ちゃったよね。これはもはやそういうことだ。レジェンドドラゴンが小さくなったとき、ザイラードさんは私の力だと言っていた。そして、私はそれをまったく信じていなかった。

当たり前だ。私はただの平凡な会社員。手をかざしたら、ドラゴンが小さくなるなんてありえない。0信十疑が世の理だ。

が、このポメラニアンについては、私のせいかもしれないと感じた。

タイミングもあるし、目の前で美人な女子高生が祈ってもうんともすんともしなかったが、私が手をかざしたらこうなったもんね……。私のせいな気もする。七信三疑ぐらいになった。三疑あるのはあれだ。やっぱり意味がわからなくね……？

だが、私の戸惑いに対し、周りで見ていた騎士たちの心は決まってしまったらしい。

「聖女様だ……」

だれかがそう零した。そして、それがさざ波のように広がって――

「救国の聖女様だ！」

「救国の聖女様が魔物を浄化してくださった……！」

「聖女様……！」

「「聖女様だ!!」」

口々に歓声が上がる。その視線の先にいるのは――私だ。

「あ、いや、これは、聖女とかではなく……」

なくね？　魔物をペット化できる聖女ってなんぞな？

「なんて慎み深い聖女様だ……！」

「国の窮地を救ってくださった……！」

「レジェンドドラゴンも聖女様の力だったのですね！」

周りの視線が熱い。私はたじろぎ、一歩後退した。

「あ、いや……えっと……」

こういう視線には慣れていない。さっきまで「聖女様！」と言われていた美人な女子高生は胆力があるな。……って、そう。休暇申請した女子高生どうなった？　私が持ち上げられてしまっているが、大丈夫？

気づいた私は美人な女子高生のほうを向いた。そこには――

「ゆるさない……」

――おこおこな女子高生。わぁ。美人って怒っても美人だなぁ……。

「私が聖女なのに……！」

悔しそうに呟いた言葉と、涙がうるっと溜まった目。

きらびやかな衣装の男性は私と彼女を交互に見て……力強く頷いた。美人な女子高生をみなに示した。

「こちらが救国の聖女様だ‼」

堂々とした発言。が、歓声を上げていた周りの人はシーンと静まり返る。そして、小さくボソボソと聞こえたのは、呆れたような口調で……。

「……ありえないだろ」

「よく考えたら、レジェンドドラゴンのとき、なにかしたのを見たわけじゃないしな」

「ドラゴンブレスを使ってフェンリルを退けたのはあちらの聖女様だ」

「最初は気づかなかったが、あの小さいドラゴンがレジェンドドラゴンだろう？」

「ああ。そして今、目の前でシルバーフェンリルを浄化した」

「その聖女様に対してこの態度。不敬じゃないか？」

周りから見てもシルバーフェンリルに変化をもたらしたのは、明らかに私がなにかしたためだと思ったのだろう。ザイラードさんは最初から私が聖女であると言っているし……。

私としては、魔物をペット化したことは認める。が、それイコール救国の聖女であるとは思わない。そんなに言うなら美人な女子高生が救国の聖女でいいんじゃね？　と思う。が、そう認めてもらうには、美人な女子高生の成果がないと難しいよね……。

「……眠りたい」

とにかく今は、なにも考えたくない。

周りからの熱い視線も、美人な女子高生からの敵意の視線も、きらびやかな衣装の男性のなんだお前はという視線も浴びたくない……。

「ネタイノカ？」

「ボク、ダッコスル？」

右肩のドラゴン。足元のポメラニアン。うん。とてもかわいい。

「抱（だ）っこする」

足元の白いふわふわの塊（かたまり）を抱（だ）き上げる。全体的に毛がほわほわとしていて、温かい。そのまま胸に抱きしめればちょうどいい重みがすっぽりと収まった。

はぁ……これは癒（いや）される……。

「私たちは王宮へと帰る！……おい！　お前も来るか⁉」

ああ……きらびやかな衣装の男性が私に声をかけた気がする。が、聞きたくない。

その言葉から逃（のが）れるよう、ポメラニアンをもうすこし上に持ち上げて、そのお腹にもふっと顔を埋（う）もれさせた。はぁ……癒される……。

「クスグッタイヨ」

クスクスと笑ったような声が聞こえて、お腹から顔を上げる。

すると、ちょうどザイラードさんが私の隣（となり）へと立った。どうやら、私ときらびやかな衣装の男性の間に入ってくれているようだ。

「彼女はこちらに残りたいと希望している。今回の件に関しては、すぐに報告を上げさせてもらう」

「……勝手にしろ！」

その声を最後に多くの足音が遠ざかっていく。

たぶん、きらびやかな衣装の男性と美人な女子高生、王宮軍がいなくなったのかな？

状況把握をしていると、そっと優しい声が聞こえて――

「休める場所へ行こう。疲れていると言っていたのに、遅くなってすまない」

――見上げれば、きれいなエメラルドグリーンの瞳。

神……。私は心で拝んだ。

ようやく休めることとなり、私はすやすや寝た。

普通であれば異世界転移なんてしてしまったものなら、不安やなんやかやで眠れなくなるだろう。が、私は疲れていた。

ザイラードさんにきれいな部屋に案内され、温かいお茶を飲み、体を清潔にし（シャワーがあった！）、ふかふかのベッドへ体を横にしたら、もう意識がなかった。ほぼ気絶。

だから、これは夢なのだろう。私の意識はふわふわと漂っていて、男性とも女性ともいえない、不思議な高さの声が聞こえた。

『この世界はどう？』

どう？　どうとは？

『元の世界へ帰りたい？』

帰りたいとか、今はないな。キイチゴ摘みと魚釣りがしたいし、ほかのこともしたい。

『そう。前向きだね』

声がふふっと笑った気がする。

『元の世界の家族や、ほかのことは心配しなくていいよ。こちらに来てもらったのだから、その分、あなたに関わるものは幸運を手に入れた。それぞれが生きていくはずだよ』

それならよかった……のかな。

『あなたの能力の発現もおもしろいし、こちらに来てくれて助かったよ。まさか癒されたいという思いが、魔物にそんな風に作用するなんてね』

また、声がふふっと笑った気がする。

『あちらの世界ですこし大変な目にあっても、日々を乗り越えようとがんばってきた君なら、こちらの世界でもやっていけると思っているよ。そのままの君で』

そこまで話すと、声は思案するようにすこし暗くなって……。

『問題はあの子かな。あなたもいやな気持ちになっただろう？』

いやな気持ちかぁ。そこまでではないけれども。言うほど関わってないしね。

ただ、最後にこちらに敵意剝きだしだったので、その視線はやっぱり疲れた。人に敵意を向けられると、心がじわっと削られる感じがするよね……。

『あの子にも説明はするから。そこからどう動くかは、あの子次第だけれど、あまり酷いようなら……』

声はそこまで言うと、だんだんと遠くなっていった。

『今後、こうして声を届けることはないけれど、ずっと見守っているよ』

消えていく声。どこか温かな雰囲気だ。なんとなくそう思った。

……神様みたいなものなのかな？　なんとなくそう思った。


『ああ。この世界をよろしく』

……いや、待て待て。そんな大きなものを託されるような人間ではない、私は。

が、もう、声が返ってくることはなくて――

「……変な夢だったな」

漂っていた意識がゆっくりと浮上していく。

眠りから覚めた私は、ベッドの中で軽く体を伸ばした。

異世界転移して、かっこいい騎士団長さんに手を取られ、ドラゴンや大きな狼を小さくしてしまうなんて笑える。仕事で疲れすぎると、きっとおかしくなるんだな。うん。

「メガサメタカ？」

「オキタ？」

聞こえてきた二つの声。一つは低めで、もう一つは幼い男の子みたいえ。なにこの声。驚いてパチリと目を開ける。すると――

「オハヨウ！」

「オハヨウ！」

「……夢じゃなかった」

夢だけど、夢じゃなかった……。

目が覚めて見えたのは、小さな白いドラゴンと、ふわふわの白いポメラニアン。二人の青い瞳と赤い瞳がそれぞれ私をじっと見ている。

「おはよう……」

挨拶を返せば、その瞳がうれしそうに細まる。かわいい。

どうやら私はこの二人を抱っこしたまま寝たようだ。

すべすべの鱗と、ふわふわの毛皮と。両方の感触が伝わってくる。気持ちいい。

そっかぁ、私はやっぱり異世界に来てるのかぁ……。

「まあ、そこそこ生きるか」

よくわからないが、思ったよりもショックはない。

寝る前は疲れていて思考が止まっていたからだろう。ショックを受けたり悩んだりするテンションじゃなかった。そして、快眠し疲れが取れた今も、心配や不安、元の世界のことが心残りというようなことはなかった。

あまり覚えていないけれど、温かな空間にそういうのは置いてきたような気がする。

「オレ、ズットイッショ」

「ボクモ！　ズットイッショ」

抱きしめた二人のうれしそうな声。それのおかげもある。

魔物をペット化するという謎能力が目覚めたわけだが、二人が一緒にいてくれるならいいかもしれない。

「二人ともかわいいね」

へへっと笑って、それぞれの頭を撫でる。

気持ちよさそうに目が細くなるから、こういう表情もたまらなくかわいい。一人暮らしで、自分になにかあったとき責任が持てないし……と動物を飼っていなかったが、こんなにかわいいんだな。初めての感覚に胸がほわっと温かくなった。

「って、もしや今夕方?」

二人を見ていた視線を窓へと移す。窓の向こうの空はオレンジ色に染まっていた。

まずい。異世界初日から昼夜逆転。

すると、扉がコンコンとノックされた。

「ザイラードだ。話ができそうか?」

扉の向こうから聞こえた言葉に、慌ててベッドから出て、身なりを整える。

服はこっちの世界のもの。眠る前にシャワーを浴びたときに着替えたのだ。ワンピースでなかなかかわいい。

姿見の前でおかしなところがないか確認してから、扉を開いた。

「どうぞ」

「ああ。起きている気配がしたから声をかけてみたが、大丈夫か？」

「はい。むしろ、こんな時間まで寝てしまって……」

金色の髪にエメラルドグリーンの瞳。やはりザイラードさんはイケメンだ……。

精悍な顔つき。スッと通った鼻筋と引き締まった口許は戦いを生業としているためか、厳しさを感じさせる。だが、その近づきがたい印象は目元で変わる。なんていうか、目元に甘い雰囲気というか、色気というか……。そういうのがあるんだよなぁ……。

イケメンぶりと落ち着いた優しい声に心で拝みながら、部屋の中にあるソファへと二人で移動する。私が三人掛けのソファの端へ。ザイラードさんはその正面の一人掛けのソファへと座った。

「では、状況確認と説明をしたいのだが、いいか？」

「お願いします」

話したのは、この世界のことや、私のこと。あと、この国の状況について。
・やはりここは異世界で間違いなさそう
・魔物がいる世界（地球に魔物はいない）
・異世界から移動してくるものは、正式な記録では確認されていない（もしかしたらいたかもしれないが、この国で公式に保護されたというようなことはない）
・だが、『救国の聖女』の伝説というか信仰のようなものがあり、有事には国を救う女性

が現れるという話があった
・『救国の聖女』は力のある女性であり、その力は神からのギフトだと言われている
・ザイラードさんは、私がその『救国の聖女』だと考えている

「いや、救国の聖女はちょっと……」

まったくキャラじゃないというか……。そんなすごいオーラ、私からは微塵も出ていないと思うが。なのでスッと否定する。

すると、ザイラードさんは私の右肩に視線を移して——

「あなたが従えたレジェンドドラゴン。最強クラスの魔物だ。過去の歴史では三度、国を滅ぼしている」

「え？　君、そんなことしてるの？」

「キオクニナイ」

思わず右肩を見る。が、レジェンドドラゴンはきゅるんとした青い瞳で首を振った。

「あなたも見たと思うが、あのブレスで悉くなぎ倒し、過去、世界を席巻していた帝国を一週間で滅ぼした」

「わぁ……」

もう、わぁしかない。

「レジェンドドラゴンにとっては国境も人間の暮らしも関係ないのだろう。移動したとこ

ろにたまたまその国があって、たまたま虫の居所が悪いときに目についた。だからこそ記憶がないのではないか？」

帝国一つを滅ぼして、記憶がないとか、このドラゴンこわい。

「オレハツヨイ。ニンゲンヨワイ。ソレダケ」

「……でも、私と一緒にいるときにそれをされたら困るかも」

「ッ！　オレ、コマルコトシナイ!!」

私がそっと右肩を引くと、ドラゴンは慌てたようにピィピィと鼻を鳴らした。

「オレ、ダメッテイワレタラ、ヤラナイ」

「本当？」

「ホントウ!!　イイコ!!」

そうか。

「……そして、そちらのシルバーフェンリル。そちらも最強クラスの魔物。過去、何度も地形が変わっている」

「地形が変わる……」

なにをしたのか。

「砂漠地帯に突然現れ、地面を掘って、一帯を湖水地帯に変化させた」

「アナホリ、タノシカッタヨ！」

「大陸の中央にあった険しい山脈を切り開き、北と南の分断を解消した」

「アナホリ、タノシカッタヨ！」

穴掘り（あなほ）すぎ事件。

「ボク、アソブノスキ！」

「……でも、私と一緒にいるときにそれをされたら困るかも」

「ッ！　ボク、コマルコトシナイヨ‼」

私がそっと膝（ひざ）の上からポメラニアンを下ろそうとすると、クーンクーンと鼻を鳴らした。

「本当？」

「ホントウ！　イイコ！」

そうか。

「……レジェンドドラゴンは人間の天敵として。シルバーフェンリルは奇跡（きせき）の具現として信仰されていることが多い。それぞれが悪の象徴（しょうちょう）、善の象徴だ」

ほほう。つまり私の右肩に悪の象徴。私の膝の上に善の象徴か。なるほど。

「二人はそもそも森で暮らしてたんだし、そこへ帰ったほうが……」

かわいいけれど。でもちょっと私には荷が重い。

私が出した結論に、ピィピィとクーンクーンはより強くなった。

「ズットイッショッテイッタ！」

「ズットイッショッテイッタヨ！」

「言ったかな？」

記憶消えた。

「……オレヲミテ？」

その言葉に右肩を見れば、きゅるんとした青い瞳がじっと私を見ていて――

「オレ、チイサクナッタ」

「……うん」

「オレ、イイコニスル」

「……うん」

「オレ、イッショニイタイ」

「…………」

…………。

「かわいい!!」

私は右肩にいたドラゴンを胸に抱きしめた。

「かわいいね……かわいいね……。すべすべで気持ちいいね……」

いようじゃないか。一緒に。

「ボクモ!!　ボクモミテ!!」

そうしていると、膝の上からも声がしたので、そちらを見る。

そこにはうるうるの赤い瞳で私を見上げるポメラニアンがいて――

「ボク、チイサクナッタヨ」

「……うん」

「ボク、イイコニスルカラ」

「……うん」

「イッショニイタイヨ」

「…………」

…………。

「かわいい!!」

ドラゴンを離し、今度はポメラニアンを胸に抱きしめた。

「かわいいね……かわいいね……ふわふわで気持ちいいね……」

いようじゃないか。一緒に。

「オレモ、モウイッカイダッコ！」

「うん。そうだね」

ポメラニアンを左手で持ち直し、空いた右手でドラゴンを抱きしめる。

右手でドラゴン、左手でポメラニアンを抱きしめれば、ここはもう楽園。悪と善の象徴？　いや、ここにいるのはかわいいとかわいいの象徴。

「……今、俺が見たままを率直に伝えるが」

かけられた言葉に、ハッとして正面を見る。

そこには困ったように笑うザイラードさん。そう。一連の流れを目撃している人……。

「あなたは異世界からやってきて、まずは人間の天敵、悪の象徴である、レジェンドドラゴンをその手で従えた」

「あ、……あ……」

「次に、奇跡の具現、善の象徴である、シルバーフェンリルをその手で従えた」

「あ、あ……あ……」

「そして、二体の魔物に愛を捧げられ、それを受け入れたようにしか見えないが……」

「あ……あ、あ、あ……」

あのアニメ映画に出てくる、黒い布を被り、白い仮面のあれ……。それ並みに「あ、あ」しか出てこない。

「やはり、あなたは救国の聖女だ」

「あ、あ」しか言えない私に対し、ザイラードさんは言い切った。

でも、待ってほしい。聖女といえば、優しかったり、慈愛に満ち溢れていたりするのではないだろうか。カエルを食べるとようやく言葉が話せるようになりそうな「あ、あ」としか言えない聖女などいるだろうか。いやいない。

「性格が良くないと思います」

なので、私は率直に伝えた。私は聖女というようなキャラではない。そんなすばらしい性格をしていない。ただの疲れた会社員だ。

すると、ザイラードさんは首をすこし傾けた。

「性格……か。正直に言うと、あなたとは出会ったばかりだから、それについて、話ができる材料を持っていない」

うんうん。ザイラードさんは誠実な人だ。「性格いいじゃないですかぁ」的な表面を撫でていくお世辞は言わない。出会ったばかりだからわからないという、至極まっとうな返しだ。

その通りなので、うんうんと頷くと、ザイラードさんは優しく目を細めて――

「だが、俺はすでに、あなたの性格が割と好きだ」

――まっすぐ言った。

「まず、異世界に転移したというのに、前向きだ」

「あ、……あ……」

「自分でどうしたいかを選択できるところも尊敬できる。それを俺に言う際も、迷惑をかけるかもしれないと伝え、その上で仕事を探すという未来の話ができるところも」

「あ……」

「これまで一度もだれかを責めるような言葉を口にしていない。もう一人の少女は感情的だったが、あなたはそれさえも流して聞いてあげていただろう？」

「あ……あ……」

「そして、疲れていることがよく伝わってきた。それだけ、元の世界で努力していたのだと思う」

「……あ、あ……」

胸がうぐぅってなる。

エメラルドグリーンの瞳が優しすぎる問題。私を殺そうとしている。

もしも私に金を作る能力があれば、てのひらに山盛りにして渡すだろう。そして、ザイラードさんは「欲しくない」と言いそうである。こわい。

「そもそも聖女というものに対しての認識の違いがあるかもしれない」

「……というと？」

「あなたにとって聖女というのは、性格がいいもののことなのか？」

「はい。おおらかで優しくて、慈愛に満ちて……。こう笑顔で人々を癒すようなイメージです」

「ここでは力のある女性というイメージだ。性格について特筆したものがあるわけではない」

で、あるならば、このような「あ、あ」しか言えなくなる疲れた会社員だったとしても、魔物をペット化できる能力があれば聖女と言えるのかもしれない。

「なるほど」

「あなたがレジェンドドラゴンを小型化したとき、俺は殺される瞬間だった」

「なんですよね……」

レジェンドドラゴンの怖さについてふたたび。なので、そっと右肩を引くと、ピィピィと聞こえて——

「モウヤラナイ。オレ、イイコ」

そうか。

「あなたが現れたおかげで、レジェンドドラゴンはブレスを吐くのをやめた。レジェンドドラゴンのブレスが及ぶ範囲には村などもあっただろう。もし、ブレスが吐かれていれば、そちらにも被害があったかもしれない」

「そんな……重大なことが……」

私が「わぁドラゴン」と感嘆していたとき、本当に大変な場面だったんだね……。

「レジェンドドラゴンはあのとき、国を滅ぼそうとしていた」

「……そうなの？」

「爪、ヒッカカッタ。イラットシタ」

レジェンドドラゴンはなんてことない、という風に頷く。

イラッとしたからといって国を滅亡させていいのだろうか。いやよくない。というか、普通はそんなことはできない。

「モウヤラナイ。オレ、イイコ」

……そうか。

「レジェンドドラゴンの言葉を聞いたのは俺だけだ。そして、あなたがレジェンドドラゴンを小型化した場面を見たのも俺だけだった。だから、騎士団に帰ったとき、別の少女が聖女という話になっていたのだろう」

うん。あの美人な女子高生だね。

「どうやら、少女も異世界から来たことは間違いないらしい」

「はい。それについては私も同意します。彼女は異世界、しかも私と同じ国から来たのだと思います」

「同じ国？」

「彼女の服装なんですけど、あれは私の国の学生が着る服なんです。私と彼女は同時期に同じ国から転移してきたんだとは思うんですが……」

美人な女子高生と話をしたわけではないからわからないが。

「少女は自分が祈ったために、レジェンドドラゴンが浄化され、消え去ったと思ったようだ。そして、それを見ていた騎士団や王宮軍もそう考えたのだろう」

「盛り上がってましたよね」

「だが、少女はシルバーフェンリルに対し無力だった。そのときに、あなたがシルバーフェンリルを小型化したことで、騎士団と王宮軍の者はあなたが聖女であると思ったはずだ」

うん、そういう空気だった。

美人な女子高生が祈ったとき、なにも起きなかったこと。めまいがすると言って休息を希望したこと。そのとき、ちょっと「え？」って感じになったもんね。

で、私の右肩にいるドラゴンがブレスを吐いて、シルバーフェンリル？　を撃退（げきたい）。さらに、私が二人の間に入ったとき、ポメラニアンに変化してしまったのだ。それはもう私がなにかしたと、はたから見てもわかるだろう。

「俺は自分が目にしたこと、起こった事実を報告書にし、転移魔法陣（まほうじん）を使用し、すでに王宮へと届けている。が、すこし厄介（やっかい）でな」

「厄介とは？」

「……ここに無駄（むだ）に派手な男がいただろう？」

「えっと、少女のそばにいた男性ですかね？」

あのきらびやかな衣装の男性だろう。

「ああ。あれはな……恥（は）ずかしいことに、我が国の第一王子なんだ」

「……ほう」

第一王子。……え？　次期トップじゃね？

「どこに出しても恥ずかしいがな……」

ザイラードさんが、はぁとため息をつく。

「第一王子は少女を聖女として連れ帰った。そして、自分が聖女の力を手にしたと喧伝し始めた」

そして、頭が痛いと、手を額に置いた。

「この国は今、王位継承で揉めている。第一王子は自分が王に相応しいと考え、そのために聖女の力を利用したいようだ」

なるほど……。いろいろとめんどくさいことが起こっているってことか。

額に手を置いたザイラードさんは話を続けた。

「今、我が国には王子が三人いる。王がまだ王太子を決めていないのだ」

「……えっと、第一王子が王太子ではないのですか？」

これは私の感覚だが、最初に生まれた男児が王太子になるというイメージがある。だから、第一王子と聞いたときに、次期トップだと思ったのだが、そうではないのかな？

「ああ。王が後継者を決め、その者が王太子となる。それは王族であればだれでも可能だ」

「なるほど」

「今、王太子候補は二人。第一王子と第二王子だ。第三王子はまだ三歳と幼いため、ほぼないだろうと言われている。まあ、普通は第一王子が王太子となることが多いんだが……」

ザイラードさんはふたたび、はぁとため息を吐いた。

「どこに出しても恥ずかしく育ってしまってな……」

声に滲む徒労。苦くて渋い。

「知性もなければ、運動能力もない。判断力も観察力も劣っている。さらに性格も忍耐力がなく、すぐに地位を笠に着る始末」

……ザイラードさん。

「唯一あるのは行動力なんだが……」

「あ、それで、この騎士団まで来たということですね？」

「ああ。レジェンドドラゴンの出現が王宮へ伝わり、第一王子が王宮軍を連れて、魔法陣で転移してきたわけだ」

「たしかに、行動力はありますね」

騎士団からの報告を受けて、第一王子自身が「自分も行く！」となるのは、すばらしい行動力だ。第一王子という立場を考えると、なかなかできることではない。

が、ザイラードさんはきっぱりと言った。

「そのせいで、いつも拗れる」

……うん。

「もはや、唯一の美点である行動力のせいで、より周りから反感を買っている状態だ」

「ああ……」

私はその状況を考えて、深く頷いた。

だれかが言ってたよね……。無能な働き者が一番困るって……。

「今回、第一王子は少女が救国の聖女であると報告している。もちろん、ほとんどの者はこれまでの第一王子の行動を鑑みて、その言葉を鵜呑みにしてはいない。王宮軍は実際にあなたの力をその目で見ているため、そこからの噂の広がりもあるからな」

ザイラードさんの話を頷きながら聞く。

ここまで聞くと第一王子の評判は散々だ。美人な女子高生を王宮に連れて帰ったところでどうにかなるとは思えない。

が、険しいザイラードさんの表情を見るにそうではないのだろう。

「……やはり、救国の聖女というのは、求心力がある」

ザイラードさんは額に当てていた手を下ろし、私を見た。

「あの少女は見目が良かっただろう？　そして、第一王子も見目だけはいい。その二人が揃っていると、ほんのわずかだが、王宮内にもこれまでとは違った風が吹きそうなのだ」

うん。人間、見た目が十割。世知辛い。

「これまではほぼ確実に第二王子が王太子になるだろうと言われていた。だが、もし少女が本当に救国の聖女ならば……特別な力を持つのならば、第一王子も王太子となる可能性があるのではないか？　と」

うわぁ……拗れている。話に聞いた通り、第一王子は話を拗れさせている。さすが。伊達にきらびやかな衣装は着ていない。

「あの少女が本当に特別な力があるのかどうかが、王位継承に関わりそうでな……」

「あー……それはまた……そうですか……」

めんどくさそうですね。そう言おうとして、私は言葉を呑み込んだ。

なかなかバイタリティある女子高生だったし、一筋縄では行きそうにない。

特別な力……あるのかなぁ。祈れば魔物を浄化できるということはなさそうだけども……。でも、本人がそう主張していれば、それを否定するのも難しいような……。

「そこで、問題はあなただ」

「え、私ですか？」

突然の話題の振られ方にびっくりする。

今、私に関わりありそうなことあったかな？　めんどくさそうだなって思っただけだが。

「第二王子派が、あなたを取り込みたいと考えている」

「え……ええ……？」

「あなたが本物の救国の聖女であり、第二王子についていると示せれば、第二王子が王太子に近づくからだ」

「なるほど……」

それはまた……。

「すごく……めんどくさいです……」

今度は言葉を呑み込まなかった。だって、それめんどくさすぎない？　なぜ異世界の王位継承に巻き込まれなければならないのか……。しかも相手はあのバイタリティある美人な女子高生である。

第一王子と第二王子の戦いであったはずが、美人な女子高生VS.疲れた会社員という図に変わっている。どちらが救国の聖女かなゲーム。勝者は王太子になれるわけだ。

……それ、私に得ある？

「得が……ないです……」

なさすぎる。なぜ、キャットファイトせねばならぬのか。

「そうだろう。俺もあなたならそう言うだろうと考えた」

死んだ目になる私に、ザイラードさんは力強く頷いてくれた。

「あなたはここで暮らしたいと言っていただろう？　キイチゴを摘んだり、釣りに行ったりしたい、と」

「はい」

「王宮に行くことも望んでいない、と」

「はい」

どうやらザイラードさんは私が眠る前に伝えていたことを覚えていてくれたらしい。

そして、その願いを叶えようと動いてくれたようで――

「そこで、あなたの後見人、身元引受人には俺がなろうと思う」

「身元引受人、ですか？」

「ああ。あなたの身分を保証するためだ。第一王子や第二王子よりもいいかと」

「なるほど……」

ザイラードさんの言葉にすこし考える。

この世界、国がどういう仕組みかはわからないが、日本のようにしっかりと戸籍などが整っている国だった場合、私のような存在が仕事や家を探すのは難しいだろう。

なにごとにも保証人や各種証明書が必要になる。

それをザイラードさんがしてくれるということだよね？

「今の私は、異世界に来て、頼るものがなにもないのが現状です。仕事をするにしても、家を借りて暮らすにしても、知識もなければ、伝手もありません。なので、私としては身元引受人が必要ならば、ザイラードさんになっていただけるとありがたいです」

そう。とても助かる。私の意思とは関係なく、王位継承について関わる可能性があるようだし……。そうなると、美人な女子高生とのキャットファイト開始。それは本当に嫌だ。

第二王子が私の前に現れ、身元引受人になってしまった場合、非常に困る。

「王位継承に関わりたくはないので、第二王子派になると困るなぁとは思います」

思うけれども。

「ザイラードさんはいいんですか？」

「俺か？」

「はい。こんなわけがわからない疲れた人間の身元引受人になるのは、大変ではないですか？」

ねぇ……。ザイラードさんに得がないよね……。

ザイラードさんは第七騎士団？　の団長？　をしていると言っていたし、騎士に指示をする立場であることは見ていてわかった。私が謎の異世界人だとしても、身元を保証できる立場なのだろう。

が、だからこそ、めんどくさくしかなさそうな案件に関わる必要はないのでは？

なので、思ったまま尋ねると、ザイラードさんはふっと瞳を和らげた。

「あなたは自分が異世界に来て大変なときに、他人を思いやれるのだな」

「あ、……いえ……あの……、私がめんどくさいことが嫌いなんです。だから、他の人もいやだろうって思って……」

危ない。もうすこしでまた「あ、あ」しか言えなくなるところだった。

エメラルドグリーンの瞳の優しさにやられそうになりながらも、なんとか言葉を告げる。

すると、ザイラードさんは私を安心させるように頷いた。

「俺が第七騎士団の団長だとは言ったな。ここは国境近くの魔の森に面しており、魔物退治の前線だ。国の防御として大切な場所であり、それなりに信頼も勝ち得ている」

「防衛の前線なんですね」

「ああ。そして、第一王子派でも第二王子派でもない。俺が救国の聖女である、あなたの身元引受人になれば、二派閥とも手が出せないだろう。さらに、国としては俺がいるのならば、このままでいいだろうと判断されるはずだ」

「なるほど。救国の聖女が防衛の前線に立ち、騎士団の団長が身元引受人であれば、国としては問題ないということなんですね」

むしろ、王宮にいるよりも、救国の聖女の役目を果たしているように見えるかもしれない。楽しく暮らしたいだけだったが、それがいい具合に作用しそうだ。

異世界から来たただの疲れた会社員なわけだが、そういう名分があればこの国でも生きていけそう。で、その場合、そこを守っている第七騎士団の団長が身元引受人になるというのは自然だろう。

ここまで言われると、ザイラードさんに迷惑をかけたとしても、身元引受人になってもらうしかない気がするな……。申し訳ないが。

「それに、だ」

ザイラードさんはそう言うと、そっと私の手をとった。

「言っただろう？　俺はあなたに命を助けられた。あなたの内面も好ましく思う」

う、胸……胸が……潰れる……。

「俺は今、俺があなたの身元引受人になるメリットを必死で述べたつもりだ。どうだろう？　俺が身元引受人になった場合のことは伝わっただろうか」

「あ、あ……たくさん。いっぱい」

ほぼ十割、ザイラードさんに身元引受人になってもらうといいだろうと思いました……。が、手の熱さとエメラルドグリーンの瞳の真摯さで、うまく言葉が出ない。なんだ「たくさん。いっぱい」って。もっと上手に話せ、私。

「あなたはキイチゴを摘んだり、釣りに行ったりしたいと言っていただろう？　ぜひ俺に案内させてほしい」

気づけば、ザイラードさんはソファに座る私の前で跪いていた。

気づかなかった。なんて自然な……。これが騎士か……。

「俺が、この世界での、あなたの身元引受人になりたい」

エメラルドグリーンの瞳が私を見上げる。きらきら輝く金色の髪がふわっと揺れて——

「あ、あ……あ……おねがいします……」

私は必死で言葉を紡ぎ出した。

すると、右肩と膝の上の二人が、こてんと首を傾げる。

「ハナ、チラスカ？」

「ハナ、チラスノ？」

いい。背景に花は散らさなくていい。祝福っぽくしなくていい。私はもう限界です。

そうして、私はザイラードさんに後見人、身元引受人となってもらい、第七騎士団で生活をすることになった。とりあえずは王宮での王位継承争いや美人な女子高生とのキャットファイトは逃れたのだろう。

美人な女子高生に特別な力があるのか。その力により第一王子派がどれだけ王位継承に近づくのか。このあたりが影響しそうな気がするが、私にできることはないので、気にしないことにする。動向についてはザイラードさんが見てくれるらしいし。

私は騎士団で楽しく暮らす。絶対に！　というわけで。

「君たちについて、知りたいのだけど」

ザイラードさんと話をして、夕食を摂った。

そして、翌朝。私は騎士団の訓練場の隣で、ペット化した魔物と相対していた。

「オレハツヨイ！」

「ボクモツヨイ！」

「ヨワイイヌ」

「イヌジャナイ！」

パタパタと空を飛ぶ小さなドラゴンと地面に座る白いポメラニアン。ドラゴンがポメラニアンに「やーい」と声をかけている。

ポメラニアンはジャンプするんだけども、ドラゴンはそれをわざとギリギリで回避しているようだ。

「ほらほら、じゃれてないで」

かわいいけれども。小さい二人のわちゃわちゃはかわいいんだけれども。

「ソウダ！　名前、ツケテ！」

「名前？」

じゃれるのをやめたドラゴンが青い瞳で私を見る。きゅるんとしてかわいいね。

「ボクモ！　名前、ホシイ！」

「なるほど……」

ポメラニアンの赤い瞳が私を見上げる。うるうるでかわいいね。

「どんな名前でもいいの？」

「イイ！」

「イイヨ！」

私はその言葉に、ふむと考えた。たしかに名前はあったほうが便利かもしれない。

「じゃあ、君はレジェド」

「レジェド？」

「レジェンドドラゴンだからね」

ドーナッツ屋みたいな感じでかわいくね？

「君はシルフェ」

「シルフェ？」

「シルバーフェンリルだからね」

ドーナッツ屋方式。その2。

「……アンチョクダナ」

「……アンチョクダネ」

二人はお互いに顔を見合わせた。……こんなときは仲良しだな。

「マアイイ。ナ？　オレモ名前、ヨンディイ？」

「名前って、私の？」

「アア」

「え、そりゃいいけど」

全然いいけれど。

頷くと、ドラゴン——レジェドは私の額にコツンと自分の額をくっつけた。

「名前ヨブカラ、オレノ名前、ヨンデ？」

「うん……」

不可思議な気配を感じるが、目の前にきゅるんとした青い瞳があるので、勢いに押される。すると、レジェドはそっと瞳を閉じた。

「トール」

呼ばれたのは私の名前。ザイラードさんに葉野透と名乗ったのを覚えていたらしい。

えっと、これで、レジェドの名前も呼ぶんだよね？

「レジェド」

言われた通りに名前を呼ぶ。すると、なぜか私の体とレジェドの体が——光って⁉

「ちょっと、これ……！」

なにこれ。なんで、私、光ってる⁉

「契約デキタ」

慌てる私に、レジェドの声はたしかに笑っている。うれしそうである。

「契約ってなに？」

聞いてないけれど。明らかに確信犯な空気を感じるけれど。

「契約スル。オレ、トール、ズットイッショ」

なるほど。わからん。

「契約って具体的になに……？」

「ズットイッショ！」

なるほど。全然わからん。

レジェドはただうれしそうに私の周りをパタパタと飛んでいる。その間に光は消え、私の体になにか変化が起こったということもなさそうだ。

うーんと首をひねると、足元からクーンクーンと音がして――

「ボクモ。ボクモ、契約シタイ」

「あー……」

鳴いているのは、白いポメラニアン――シルフェだ。

まあ、わかる。ペット化した魔物が二人いて、一人とだけ、なにかしら契約？　をしたら、そりゃもう一人も契約したいと言うだろう。でも、契約内容が謎だ。

レジェドのはだまし討ちみたいなもの。シルフェともするのはちょっと……。

なので、悩むと、クーンクーンはより大きくなった。

「ボクモ……。オネガイ。ボクモ……」

白いポメラニアンがうしろ足二本で立ち上がり、私のひざ下あたりを優しくカリカリとしている。必死に伸びたうしろ足と見上げてくるうるうるの赤い瞳。ひざ下に当たる前足も、あくまでソフトタッチ。

……………。

「かわいいね……かわいいね……」

しようじゃないか。契約。

私は心のままに、シルフェを抱き上げた。

「これでいい？」

「ウン！」

そして、レジェドのときと同じように、お互いの額をくっつけて……。

「トール」

呼ばれたのは私の名前。で、これに名前を呼び返せばいいんだよね。

「シルフェ」

すると、途端に体が光り始める。本日二回目。

こんなに体が光る体験なんてないだろうな。ないでしょうね。一人でうんうんと頷く。

そこに、焦ったような声が聞こえて——

「どうした⁉」

「あ、ザイラードさん」

声の主は訓練場から走ってきてくれたザイラードさん。

「ははっ……体が光っちゃいました」

笑ってごまかしてみる。が、もちろんそんなことで事態は収拾しない。普通の人間は光らないからね。うん。知ってる。

「なにかあったのか？」

「いや、あったというか……」

もごもごと言葉を濁す。すると、そんな私の代わりに右肩のレジェドと腕の中のシルフェが元気よく返事をした。

「オレ、トールト契約シタ！」

「ボク、トールト契約シタヨ！」

「契約……？」

ザイラードさんが怪訝な顔をする。

ふむ、この反応からすると、魔物との契約というのは一般的ではないのかもしれない。

「契約とはなんだ？」

「オレ、トールトズットイッショ！」

「ボク、トールトズットイッショダヨ！」

うん、私にした説明と同じ。まるでわからないやつ。わからないから、諦めたやつ。

このままではザイラードさんにも伝わらないと思うので、補足をしなくては。

「えっとですね、私がこの二人に名前をつけました。こっちのドラゴンがレジェド。こっちがシルフェです」

「名前をつけたのか」

「はい。二人が望んだのもあるし、このままだと不便だしな、と」

「そうだな。ずっとレジェンドドラゴン、シルバーフェンリルと呼ぶのもな。それに、そう呼んでいると、事情を知らない者からすると、驚くこともあるだろう」

「あ、それもありますね、たしかに」

今後、人通りがあるところで買い物ぐらいはしたい。で、この魔物二人がついてきた場合、「レジェンドドラゴン」とか「シルバーフェンリル」とか呼びながら、街を闊歩するわけにはいかないだろう。

は？　ってなるよね。こんなかわいい二人を悪の象徴と善の象徴の名前で呼ぶのだ。私のセンスが疑われてしまう。

なので、うんうんと頷くと、ザイラードさんはさらっと告げた。

「最強クラスの魔物の名前だからな。その言葉だけで、街が恐慌に陥るかもしれない」

「きょうこう……」

恐慌……だよね。なにそれ、こわい。センスの問題じゃないのか。

あの魔法使いの物語でいうところのヴォなんちゃらさんみたいな感じなの？　名前を出しちゃいけない的な？

「名前についてはわかった。それで？」

「あー……、名前を呼んでくれって言われたんです。お互いのおでこをくっつけて、名前を呼び合いました。そうしたら……光ったんです」

光ったんですよねぇ……。なんでだろうなぁ……。

「申し訳ないんですが、二人に言われるままにやっただけなので、私自身はよくわかってなくて。『契約』と二人は言っています。が、具体的なことを聞いても、さっきみたいに『ずっと一緒』と答えるだけで、どういうものかわかってないです」

結果、まあいいか、と諦めました……。

正直に言うと、ザイラードさんは「わかった」と頷いた。

そして、魔物二人へと視線を移す。

「契約とはなんだ？　できるだけ具体的に、答えられるだけでいいから教えてくれ」

その言葉にレジェドとシルフェはお互いを見合った。

「ドウスル？」

「魔物のことをすべて知りたいわけではない。お前たちが話せる範囲でいい。知っておくことで彼女を守ることに繋がるんだ」

ザイラードさんは落ち着いた声で根気よく語りかける。私と違う。諦めない心。

すると、レジェドもシルフェも考え込んだ。

「ウーン……。コイツハ人間ニシテハ、ツヨカッタ。時間カカッタ」

「ボクニ魔法障壁ヲハル指示シタノモ、コレダヨネ。アレ、ドーンッテナッテ迷惑ダッタヨ」

どうやらペット化する前にザイラードさんと対峙したときの話をしているみたい。

二人ともザイラードさんと戦った記憶がちゃんとあったようだ。

「ソレニ匂イガスル」

「ウン、オナジ匂イスル」

さらに二人は匂い？ について話しているようだ。ザイラードさんからは爽やかな匂いしかしないが、魔物の二人だと人間とは違った嗅覚があるんだろうなぁ……。

「コイツニハ、オシエテモイイカ」

「コレニハ、オシエテモイイヨ」

二人は頷き合った。

「ドウスルノ？」

……どうやら、ちゃんと聞かずに諦めた私が悪かったようだ。しっかり話せば伝わる心。ザイラードさんの認められてます感とともに、私のチョロさが浮かび上がる。しかたない。二人ともかわいいからな……。

「トールノコト、ワカル」

「ドコニイルカ！　ゲンキカ！」

元気いっぱいに答えた二人の言葉に、ほぅと頷く。

つまり、契約したら、相手がどこにいるかとかどんな状態かとかがわかるってことか。

今、私のいる場所や状態がレジェドとシルフェにはわかっているということだろう。それが「ずっと一緒」という意味なのかな？　私がどこにいてどんな状態かわかれば、ずっと一緒と言える気もする。

「それはこちらからもお前たちのことがわかるのか？」

「ドウダロウ。　シラナイ」

「ワカンナイ」

ザイラードさんの疑問に二人は首を振った。

二人から私のことはわかるが、私から魔物二人のことがわかるかは謎らしい。たぶん、魔物にとってはどうでもいいだろうしね。

「試してみてくれるか？」

ザイラードさんが私へと視線を移す。

そうだね、レジェドとシルフェにわからないならば、今ここで、私がやってみればいい。

「あー……」

とりあえず、目を閉じてみる（雰囲気として）。次に、なんとなく胸に手を当ててみる（雰囲気として）。そして――

「…………」

……そして？　そしてなんだよ。だれか教えてくれ。なにをどうしたら会話もせずに相手のことがわかるんだ。私にはGPS機能も遠隔通話機能もない。普通の会社員だ。

「どうやったらわかるかが、わからないですね」

私はパチッと目を開けて、言った。……わからない。なにも。

「それは……そうだな」

私の素直な感想に、ザイラードさんも納得してくれたようだ。

「おい、お前たちはどうしてるんだ？」

「エー……。トールノ気配、サグル」

「トールドコー、オモッタラワカル」

「なるほど」

私はへへっと笑った。

「たぶん無理ですね」

ないもん、だれかの気配を探ったこと。ないもん、心でどこにいるの？　って聞いたこと。普通の会社員だもん。

「オレガトールノコト、ワカレバイイ」

「ボクガトールノコト、ワカレバイイノ！」

うむ、なるほど。一方的な利害関係である。契約とは。私への得は。

「まぁ、二人にわかられても困ることはないからいっか」

ね。魔物二人に対して、私が悟られてしまうわけだが、だからどうということもないだろう。かわいいし。うん。かわいいから大丈夫。損はない。

「アト、ヒカラセル」

「……ひからせる？」

ひからせる……。光らせる？

契約について納得した私にレジェドが胸を張った。が、言っている意味がわからないので、首を傾げる。

「コウダヨネ！」

シルフェが腕の中で明るく声を上げる。その瞬間、私の体がきらきらと光って——

「「おおお……！」」

――なぜか周りからどよめきが起きた。

「え？」

その声に周囲へと視線を向ければ、そこにいたのは騎士団の面々。

えっと……訓練中だったはずだが、もしかしてザイラードさんと一緒に来てた？　そして、遠巻きにこちらを見ていた……？

「奇跡だ……」

「やはり、救国の聖女様は違う……」

「なんて美しい光だ……」

「あの光で俺たちを救ってくださったんだな……」

なんか言ってる。神々しい感じの一場面を見た人の感想を述べている。この騎士団の方々からの視線。畏敬の念とはこういうことを言うのではないだろうか。よし。

「契約解除で」

クーリングオフで。一週間以内だから。契約後即契約解除。異世界二日目にして、いつも通りがあるのはどうかと思うが、いつも通りだ。

で、どうなったかというと、まあいつも通りだ。

ピィピィピィ＆クーンクーン。きゅるん＆うるうる。気づけば私は「かわいい……かわいい……」と呟きながら、レジェドとシルフェを抱きしめていた。

……契約解除なんてできなかったよね。

重要事項説明書も甲乙甲乙甲甲乙も紙面にサインもしていないわけだが、かわいいとかわいいの前に私にできることなんてない。クーリングオフ？　なにそれ。

「ほら、訓練に戻れ」

私の姿を遠巻きに見ていた騎士たちが、ザイラードさんに促され、離れていく。

「救国の聖女様は奇跡を起こせるのだな」とか「あの光は聖なるものに違いない」とか「元魔物らしいが、今ではすっかり懐いているんだな、さすが救国の聖女様」だとかを言い残していった気がするが、私には聞こえていない。聞こえていないよ。

「うん……うん……」

「トール、スキダヨ！」

「トール、スキ！」

私の人生で、こんなにもまっすぐに好意を向けられたことがあるだろうか。いやない。

じゃあいいじゃない。光っても。PCだって光るんだし。ゲーミングPCと同じだと思えば……。ゲーミングPCと同じってなんだよって心は言っているが、いいじゃない。

「光るとなにかあるのか？」

かわいさにすぐに屈した私と違い、ザイラードさんはやはり根気強い。忍耐力がある。

『光ってもいいか、かわいいし』という結論に達し、尋ねることを放棄した私に代わり、レジェドとシルフェに聞いてくれている。

たしかに。光るとどうなるんだろう。

「トール、ツヨクナル」

「トール、ツヨクナルヨ！」

「私、強くなる」

なるほど？

「ボクノチカラ、ワタシタヨ！『エイッ！』ッテ、ヤッテミテ？」

「えい……？」

えいとは？　そして、あの体が光ったのは力を渡したってことだったのか？

首を傾げる。すると、シルフェが腕の中でもぞもぞと動いた。これは下ろして欲しいってことかな？　左手で抱えていたシルフェを地面に下ろす。

地面に下りたシルフェはとことこと森に向かって歩いて行った。そして、一本の木に前足を振り下ろす。

といってもあれだ。そこは白くてかわいいポメラニアンである。「えい♥」みたいな、なんていうかこう、小さなかわいい生き物が前足でちょこんと木に触れて離した感じ。が。

――ズジャアァァッ!!

木が粉砕した。え？

「なにこれ」

「圧縮ダヨ！」

「圧縮……」

木って圧縮できるの？　そしてなぜ、圧縮したら粉砕したの？　こわい。

「そうか、シルバーフェンリルは空間を操る能力に長けていると聞いたことがある。触れた瞬間に急激に圧縮し、離したときに急激に元に戻る。すると、物体は耐えられずにこうなるのか……」

私がドン引きしている間に、ザイラードさんは手を顎に当てて考え込んでいる。どうやらシルフェがやったことを理解しているらしい。

話を聞いている私はちょっとわからないが……。いや言っていることは理解できなくもないが、それをこのかわいい生き物がやったというのが信じられない。しかも――

「トール！　イッショニ！」

私がお誘いを受けている。

「一緒にって言われても……」

「コッチ、コッチ!!」

シルフェが違う木へと移動して、私を呼ぶ。

ぴょんぴょんとその場で跳んでいてかわいい。かわいいから行くけれども。

「シルフェ、私はそういうのできないと思うよ？」

「ボクノチカラ、ワタシタヨ！　デキルヨ！」

赤いうるうるの瞳が自信満々に私を見上げている。かわいい。かわいいからやってみるけれども。

「じゃあ、一応ね」

「ウン！　『エイッ！』ダョ！」

「ＯＫＯＫ。はい。『えい』」

やる気などなかった。できるとも思ってなかった。

だから、私はただ木に触れて、すぐに離しただけ。一応、やる気のない『えい』も添えておいた。すると――

――ズジャアアァッ!!

はい。粉砕。………。うそだぁ……。

「ざ、ざざ、ザイラードさん……!?」

私は狼狽え、身元引受人へ助けを求めた。

どうしてこんなことに。触れたてのひらと、おがくずになった木。

指先ならぬ、てのひら一つでダウンなの？　私はいつのまに秘孔がわかるように……？

というか、木に秘孔ってあるの……？

現実から逃げるように、二、三歩下がる。すると、ザイラードさんは――

「ははっ、あなたでも狼狽えることがあるのだな」

――なぜか笑っていた。

金色の髪がふんわり揺れて、エメラルドグリーンの瞳が柔らかく細まっている。爽やか！　だが、違う。

「笑いごとじゃないですよ……」

これは大変なこと。触れただけで、木がおがくずになってはならぬのです。世界的に。

「すまない。異世界から来たことを理路整然と説明し、ドラゴンが小型化しても動じなかった。あなたのそういう姿を見ると、つい、な」

「ついじゃないんですよ……」

諸々のことは、疲れていて驚く気力もなかっただけなのだ。そして、今はすやすや寝たために、元気。

あと、これまでは「なんかしらんけど」という、どこか他人事感があったが、さすがにこれは自分がやったとわかる。触れたらおがくずになったわけだが、しっかり感触があった。やだ。また感触思い出した。

その感触を失くすよう、手をすりすりとさする。

すると、ザイラードさんがその手をそっと取り――

「大丈夫か？　なにか体調に変化が？」

「い、いえ、あの、ちょっと感触を忘れようとしただけで、元気は元気です。すごく」

「そうか」

ザイラードさんがほっとしたように息を吐いた。

いや、本当に大丈夫です。ザイラードさんが手を包み込むようにしてくれたおかげで、おがくずにした感触はすでに忘れた。ここにあるのは温もりだけ。

あ、ザイラードさんの手、大きいな……。

「あなたの手は小さいな」

どうやら同じことを考えていたらしいが、私の手のサイズは普通だ。ザイラードさんが大きいのだ。

「ザイラードさんは剣を持つ手なので、大きいですね」

働き者のきれいな手じゃ……。

「笑って悪かった。あなたがかわいくて、つい、な」

「あ……」

「ついじゃないんですよ」と言いたい。言いたいが、胸がぐぅってなった。「あ」しか言えなくなった。カエル……カエル食べなくちゃ……。

ザイラードさんは、そんな私の手を離し、魔物たちへと視線を移した。

「この力はずっと維持されるのか？」

「ウウン！　一回ダケ！」

「そうか。力を渡したときだけなんだな？」

「ウン！　チカラヲトールガツカウト、ナクナル！」

ザイラードさんが聞き出してくれた情報に私もふむふむと頷く。シルフェと契約したからといって、常に秘孔が突けるわけではない。
・シルフェが私の体を光らせる
・シルフェが私に力を渡す
・私が渡してもらった分の力を使えるようになる
・使い切ればそれで終了
よし。理解した。

「シルフェ、私の体を光らせちゃダメ」

「エッ⁉　ナンデ⁉」

「困るから。私を困らせることしないって約束したよね？」

「コマラセルコトシナイヨ！」

「じゃあ、光らせないでほしい」

「……ウウ……ワカッタ」

私の言葉にシルフェはしぶしぶと言ったように頷いた。でも、納得できていないようで、しょんぼりと座り込み――

「トールトアソビタカッタ……。イッショニ……。トールト……」

投げ出されたうしろ足。前足はその間にちょこんと揃っていた。肩ががっくりと落ちている。悲しそうな赤い瞳が見ているのは地面。そして、ぽしょぽしょと話を続けて――

「イッショニ……。トールト……」

――もう。

「わかった……。かわいい……。わかった……！」

私はシルフェを抱き上げ、ぎゅっと胸に。

「ときどきね……。人がいないとき。一緒に遊ぶって決めたときに、ときどきね……」

「ウン！　トールスキ！」

かわいいからね。しかたないね。ときどき、木をおがくずにして遊んだっていい……。

「おがくずは馬房にも敷けるし、火おこしにも使える。魔の森は木の生長も早いから、伐採する必要があってな。魔の森の木を間伐してもらえるのはありがたいな」

「あ、そうなんです？」

シルフェの遊びに付き合うだけのつもりだったが、木を切ることや、それがおがくずになるのは騎士団として歓迎してくれるようだ。じゃあ、なにも問題なし？

「体が光るのも、木を粉砕できるようになったのも驚きましたが、問題はなさそうですね」

「ああ。だが木以外も圧縮できるのだろうから、使い道については考える必要はある」

「使い道？」

　はて？　と首を傾げる。

　すると、ザイラードさんはシルフェに話しかけた。

「渡した力は、木だけではなく、触れたものであれば圧縮できるのか？」

「ウン！　ナンデモ！　ニンゲンニモ、デキルヨ！」

　シルフェがふふんと胸を張る。かわいい。かわいいが私の背中はゾワッとした。

　すごく怖いことを言ってるよね……。こわい。無邪気だがさすが最強クラスの魔物。こわい。そうか……この力を人間に使うこともできるんだな……。

　地面に落ちたおがくずを見てそっと目を閉じる。

　人体がこうなる……。あ、やめよう。ホラーだこれ。本当に秘孔を突ける。

「なぜ『えい』の一言で……」

　発動条件がもっと必要だと思う。

　そんな短い言葉で手を触れたらできてしまうなら、私ならうっかり狙っていないものを粉砕しそうだ。安全装置がなさすぎる。滅びの呪文か。三文字で古代遺跡が消滅しちゃう。滅ぼすわりに短い。そして、私の呪文「えい」はそれより短い二文字。

「力を渡されるのがあなたでよかった。あなたなら無暗に使うことはないだろう」

「そうですね、おがくずを作るだけにしたいと思います。……うっかり以外では……」

大丈夫か、私。ちゃんとしてるか、私。ザイラードさんは安心してくれているが、私は私に対して不安しかない。いつもそうだ。私は碌なことをしない。

「オレモ！　オレノチカラモ！」

自分の生き方について振り返っていると、右肩で必死な声がした。レジェドだ。

「オレモ、チカラヲワタス！」

「……どんな力？」

ワクワクと青い瞳を輝かすレジェド。そして、うれしそうに答えた。自信満々に。

「ブレス、デキルヨウニナル！」

「それ、絶対いらない」

いらないです。

「エエ⁉　ブレス、ツヨイ！」

「強さはいらない」

「ブレス、ハキタクナイ⁉」

「全然」

そんな気持ちになったことは一度もない。宝くじで三億円当たりたいよね⁉　みたいなテンションで言われても……。

ブレスはほぼビームだった。それを受け大きなシルフェが吹き飛ばされた光景は私の目にも新しい。ほぼ怪獣大決戦だった。

ブレスが吐けますよ！　ビーム出せますよ！　と言われて、喜ぶ会社員いる？　いや、いるかもしれないが、私はあまり喜ぶタイプではない。

「わかる。ブレスは吐いてみたいよな……」

そしてどうやらザイラードさんは喜ぶ側だったらしい。宝くじに当たりたいよなのノリ。もしかしたら、異世界ではみんなブレスを吐きたいのだろうか……。

「オレ、ツヨイ」

「……そうだね」

「オレ、契約シタ」

「……うん」

「トールニチカラ、ワタセル」

「うん……」

レジェドはそっと私の肩に下りる。そして甘えるように頬をすりよせた。肩にかかっている足は私を傷つけないように爪は立てていない。すりよせられた頬はすべすべで——

「イッショニ……オレモ……オレダッテ……」

「…………」

「トールト……イッショニ……」

——もう。

「わかった……。わかった……。かわいいよ……」

やろうじゃないか、力の受け渡し。やろうじゃないか、ブレス。

かわいさの前に私のちょっとした気持ちなんて関係ある？　ない！

「イクゾ！」

その言葉とともに、私の体が光る。

おかしな現象なのに、もはや二回目にして慣れてきた。こわい。

「『トウッ！』ダゾ！　一気ニスッテ、一気ニハク！」

「うん。わかった。ＯＫＯＫ」

「セーノ！」

『『とう』』

……そうして私はブレスを吐ける会社員になった。

第三話・ハッピーライフいえい

私が異世界に来て、一週間が経った。相変わらず、第七騎士団にお世話になっている。部屋も最初に案内されたところのままで、本当にここに住んでもいいらしい。寝室、居間兼応接室、シャワールームにトイレ。小さなキッチンもついていて、生活にはまったく困らない。１Ｌ＋ミニキッチン。一人暮らしとしては十分だ。

そして、服やなんやかやの小物もザイラードさんが用意をしてくれた。

ザイラードさんは女性ものを用意するのに滞りがなく、ははーん、結婚しているのかな？　と思ったが、そうではなかった。第七騎士団から、王都側へと行くといくつかの村があるらしく、そこの女性が騎士団で働いているようなのだ。で、その女性にお願いしてくれたということらしい。

普段使いのワンピース、肌寒いときに着る上着、パジャマ。歩きやすい靴に靴下や下着。あとは生活していくのに必要な整容品などもいただいてしまった。

お金のない私には代金を支払うことができないため、さすがに心苦しかったが、ザイラードさんは爽やかに笑ってくれた。私に命を救われたのだから、安いものだ、と……。本当に神である。

——日本にいるお父さん、お母さん、元気ですか。まあ、きっと元気でしょう。

私は異世界で出会った人に親切にしていただいて、死んだ目で働いていたあの頃よりもよく眠り、肌ツヤよく、非常に元気です。こちらで私は——

「魔物と暮らしています……」

とても強い、ドラゴンとフェンリルです。

「トール、ダッコ！」

「トール、ダッコシテ！」

「いいよ……いいとも……」

とても強いのに甘えん坊な二人を一度に抱きしめる。

右手はレジェドの鱗ですべすべ。左手はシルフェの毛皮でふわふわ。

——お父さん、お母さん、ここは神が与えたもうた楽園です。さらに私は——

「——ブレスが吐ける会社員になりましたよ」

レジェドとシルフェを抱きしめて、窓から外を眺める。

私の自室は四階。そこから見れば、魔の森の大きさがはっきりと認識できた。

鬱蒼とした森は終わりがわからない。が、そこには三筋の不自然な跡があった。

「あれはレジェドがシルフェを吹き飛ばしたあと……」

二車線の道路だね……。広めの道幅で渋滞知らずだね……。

「あれはレジェドが私と一緒に放ったブレスのあと……」

こちらは一車線。すれ違いにちょっと困るかもね……。

「あれは……あれは……私が放った……」

うっ……頭が……。レジェドの作った道と平行に延びる一車線の道路。そうです。これが私がブレスを放ったあとです。

「私……一人で道路を通すことができるようになったんだなぁ……」

レジェドからもらう力は『ブレスを吐くこと』。力をもらい、体が光る。そのあと「とう」と言うと、口から光線がまっすぐに出ていくのだ。

「と」と言うときの空気の破裂音で一気に光線が放たれ、「う」と言う頃には収束する。

たぶん「と」の力加減とか「う」を言うタイミングとかで強さの調節ができそうだ。

「一回目にしてコツを掴んでしまった……」

みんなは考えたことある？　「薙ぎ払え！」って言う側じゃなくて、言われる側になるってこと。私？　もちろんあるわけがない。ないよ。一回もない。

なのにコツがわかってしまう。さすが私。こういうどうしようもない才能がある。日本でなら使わなかった才能だよね。ブレスの力加減のコツが一回でわかるという才能……。

一人、窓の外を見て、自分の価値について物思いにふける。

するとコンコンと軽快なノックが響いた。

「はい！」

返事をし、レジェドとシルフェを腕から解放。そして、急いで扉の前へと移動した。扉を開けた先にいるのは――

「おはよう。体調は悪くないか？」

「はい。とても元気です。……今日はいつもの服ではないんですね」

「ああ、仕事ではないからな」

――私服姿のザイラードさん。

これまでの騎士服っぽいのも素敵だったけれど、今回の服も似合っている。

「では、朝食へ」

「はい」

ザイラードさんの言葉を受け、準備を整えていた私はそのまま扉の外へ出る。なんとザイラードさんは、毎朝私の体調を伺いに来てくれるのだ。忙しいときもあるようで、一緒に朝食を摂れたのは二度だけ。だが、今朝は一緒に食べるのだろう。

さらに今日はそれだけではない。このあと、私たちには行く場所がある！

「キイチゴ狩り、楽しみです」

「あなたが行きたいと言っていたからな。いい場所はすでに押さえてある」

「カゴいっぱいになりますかね？」

「ああ、下見はした。二カゴはいけるんじゃないか？」

「わあ……楽しみです」

私が初手として伝えていたキイチゴ狩り。それをザイラードさんが覚えていてくれて、一緒に行ってくれるのだ。ありがたい。

「下見までしてくれていたんですね」

感謝。圧倒的感謝……。神対応に心でそっと拝む。ザイラードさんはだいたい神。

「あなたがキイチゴ狩りにがっかりして、ここを離れたいと言わないように、な」

「いやぁ、今のところ一回もここを離れたいと思ってないですよ」

爽やかに笑いながらお茶目なことを言うザイラードさん。とんでもない。私は大満喫だ。

「トール、オレモイッショ！」

「ボクモイッショ！」

「うんうん。そうだね」

右肩と足元についてきているレジェドとシルフェ。もはや自然すぎて、ザイラードさんをはじめとする第七騎士団の方は私たちが一緒にいることに慣れている。

食堂に向かっている私たちは何人かの騎士とすれ違ったが、みんなザイラードさんや私に挨拶はするが、驚いたり、不思議がったりする様子はない。私とレジェドとシルフェ。

サンコイチである。

そうして、私たちは食事を摂り、ザイラードさんが調べてくれていたというキイチゴスポットへと向かった。手にはカゴ。大事。

どうやらキイチゴスポットは魔の森の中にあるようで、森を進んでいたんだけど——

「……すまない。道が塞がれてしまっている」

森の小道を進んでいると、先行してくれていたザイラードさんが足を止めた。

ザイラードさんが示す場所を見てみると、そこにはなぎ倒された木が折り重なって、層になっていた。

「わぁ……これでは進めませんね」

「ああ。一昨日までは問題なかったのだが……。一本や二本の木であればなんとかなるが、さすがにここまでだと、俺だけでは道を開くのは難しいかもしれない」

「うーん……。土砂崩れですかね」

私たちが進んできた小道を横断するように、木とともに大きな岩などもある。

土は流れていったが、木や岩だけ残ったのだろうか。左手から右手に向かって緩やかな坂になっているから、右手側に土が流れていったのかもしれない。

「昨日、雨が降ったわけでもないが……」

「そうですね。私が来てからはずっと晴れでしたね」

が、まあ、こういうのはちょっとしたきっかけで起こるものでもある。

……ほら、大きいシルフェが歩くたびに地震を起こしていたし、吹き飛んだときも揺れていたし。地盤が緩んでしまったんだろう。

「この道は魔の森の警邏にも使っていた。騎士団の駐屯地に戻って、道を復旧するよう対策を立てなくてはならないな……」

「あー、仕事でも使う道なんですね？」

「申し訳ない。せっかく、あなたを案内しようとしていたのに」

「いえいえ、それは問題ないです」

ザイラードさんの眉尻が悲しそうに下がる。

まさか、晴天続きで土砂崩れが起きるなんて思わないし、こういうのはだれのせいでもない。……いや、シルフェのせいかもしれないのはしれないんだけども。その場合は結局、シルフェと契約した私の責任問題にもなりそうな、そうでもないような。というわけで。

「道、直しましょうか？」

私って、一回でコツを掴む人間なので。

「直す？　だが、これは騎士団の人員が交替で復旧作業をしても三日はかかるぞ」

「ですよねぇ……。重機とかがないとね……」

日本でも土砂災害はあるわけだが、やはり人力だけでは大変だ。重機のパワーが必要になる。異世界に重機があるかはわからないが、ここは力ｉｓパワーの二匹がいる。そして、私がいる。強くなった会社員だ。今回はレジェドに力を借りよう。

「レジェド、力を貸して」

「ッ！　モチロンダ！」

私の言葉に右肩でパタパタ飛んでいたレジェドの青い目がイキイキと輝く。力を受け渡すのはうれしいらしい。

「イクゾ！」

レジェドの言葉と同時に、私の体がきらきらと光る。

私は声を立てないように、そっとザイラードさんを追い抜いた。

私の行動を見て、ザイラードさんもピンと来たのだろう。頷き、前方を指差した。

「道はあそこへ続いていた」

ザイラードさんの示した方向を見れば、土砂崩れの向こうに道が見えた。

よし、あそこまで。あそこまでブレスが届けばいい。

慎重に方向と距離を測る。そして――

「……とう……」

小さな小さな声。それと同時に私の口から出た光線が、まっすぐに突き進む。

なぎ倒された木、転がる大岩、あふれた土砂。それらすべてが光線に当たった途端に蒸発したように消え去り――

「すごいな！」

ザイラードさんの興奮したような声。

土砂崩れにより塞がれていた道がまっすぐに復旧していた。

「よかった。うまくいきました」

さすが私。無駄な才能。力加減がいい。

「ボクモ！　ボクノチカラモ！」

「うんうん、そうだね。じゃあシルフェの力を借りて、こっちに落ちてきそうな木をおがくずにして、岩を粉砕しようか」

レジェドの力を借りたあとは、シルフェの力も借りる。

もう道はできているので、そこを進みながら、今後危険になるかもしれない倒木や大岩を粉砕して回る作業だ。

「ふぅ。これでよし」

「とう」と「えい」を言っただけだが、なんとなく心理的に額の汗を拭う。全然疲れていないし、汗もかいていないが。

「あなたは本当にすごいな……！」

作業を終えた私に感嘆の声がかかる。もちろんザイラードさんだ。エメラルドグリーンの目がきらきらと輝き、とてもきれいである。そして、それは————ショベルカーやダンプカーなど「はたらくくるま」を見たときの三歳児のそれ。

本来、人間が向けられるタイプの目ではないね。そだね。

「へへっ」

私のジャンルが強い。重機ジャンルね。かっこいいよね。

そうして、ザイラードさんに無邪気(むじゃき)な目で見つめられたあと、私たちは無事、キイチゴスポットへ到着(とうちゃく)した。

「すごい！　たくさんですね……！」

あっちもキイチゴ、こっちもキイチゴ。一つ飛ばしてあっちもキイチゴ（飛ばしたのもキイチゴ）。

よく知らなかったけれど、キイチゴは低木で、ほかの木に絡(から)みながら生長しているようだ。腰丈(こしたけ)ぐらいまであり、赤い実がたくさん見える。これならばたしかに、二カゴ確実……！

「まだ実があってよかった。動物や鳥に食べられていなかったようだな」

歓声(かんせい)を上げる私の隣(となり)で、ザイラードさんが安心したように頷く。

下見でキイチゴがたくさんあるのはわかっていても、残っているとは限らないもんね。

「ではさっそく！」

低木ですぐに採れて、赤い実で目立つ。さらに皮むきなども必要ないんだから、キイチゴは私に食べられるために存在しているといっても過言ではないだろう。

テンションが上がった私はその場に屈み、赤い実へと手を伸ばす。が——

「いたっ……！」

——伸ばした右手にピリリと痛みが走った。

「あ——……」

伸ばした手を引っ込め、ツキンと痛む指先を見つめる。そこは赤い血が滲んできていた。

「大丈夫か!?」

「あ、はい、ちょっとなにかが刺さったみたいで……」

「すまない、説明を先にすればよかったな。キイチゴにはトゲがあるんだ」

ザイラードさんが私の前に跪き、大切なものに触るかのように私の手を取る。

ちょうど右手の人差し指に擦過傷がついてしまったようだ。

「トール、ケガシタ!?」

「トール、ケガシタノ!?」

右肩と膝のあたりで焦った声がする。レジェドとシルフェだ。

「あ、大丈夫だよ、二人とも。ザイラードさんも、そんな顔しなくてもいいですよ」

ちょっとトゲで傷ついたぐらいで大げさだと思う。

そう。日本の会社員は常に身も心もボロボロだからだ。

右人差し指を傷つけたときに最初に思うのは、タイピングしにくいから困るな、という仕事に関することで、自分の身などあまり気にしない。あ、シャンプーもしにくいから困るかもな。

「トール、ナオス！」

「トール、ナオスネ！」

そんな私の思いなど露知らず、レジェドどシルフェは勢い込んでそう言った。

その途端、私の体がきらきらと輝き——

「え、なにこれ……っ」

——傷が塞がっていく。

たしかにあった傷が消えた……？　びっくりしていると、ザイラードさんがどこからか清潔な布を出し、私の指先を拭う。血を拭き取ったあとの指先は元通りになっていた。

「治った……」

「ああ、治っているな。痛みはないか？」

「あ、もう全然ないです」

私にいったいなにが起きた……？　魔法的なあれ……？

「二人とも私になにかした……？」

「生命力、ワケタ！」

「生命力、ワケタヨ！」

私の困惑にレジェドとシルフェは胸を張って答える。

なるほど、生命力を分ける。

「そっか」

わからん。

「それはいったいどういうことだ？　生命力を分けるとどうなる？　詳しく教えてくれ」

いつもながら理解を諦めた私に代わり、ザイラードさんが丁寧にレジェドとシルフェに尋ねてくれる。

するとレジェドとシルフェは顔を見合わせ、うーん？　と首をひねり、答えた。

「契約シタラ、オレノチカラ、トールニワタセル！」

「ボクノチカラモ！」

「ああ。圧縮したり、ブレスを吐いたりできるんだったな。さらに居場所もわかる、と」

「ソウダ」

「今の光はそれとは別のことだな？」

「ウン！　ボクノ生命ヲアゲタノ！」

「生命とは？」

「イキル時間！」

「生きる時間……つまり、寿命を渡したのか？」

「ソウダ」

え、重。びしょびしょに濡れた綿布団ぐらい重い。驚きの重さ。

「いや、手をちょっと切っただけで、二人の寿命は欲しくなかった……」

二人の寿命ではなく、絆創膏が欲しかった。割と素直に。

「たとえば、瀕死の重傷だったとしても、お前たちが生命力を渡すことで回復するのか？」

「ウン！」

「どれぐらいまで治せる？」

ザイラードさんの質問にレジェドとシルフェはまた顔を見合わせた。

「ヤッタコトナイ。デモ、体ガアレバ」

「体ガ半分グライ？」

新事実。私、体が半分あれば、蘇生可能。

もはや物語のラスボスの構え。ただの会社員が不死身系ラスボスですね。

「もし、生命力を渡したら、お前たちはどうなる？」

「チョットヘル」

「チョットヘルネ」

「寿命が短くなるのか？」

「ソウダ」

「ウン」

「え、それ困るな」

よくわからないからべつにいいかと思ったが、それはよくない。

体が半分あって蘇生された結果、かわいい二人の寿命が減るのは違う。

ので、私はレジェドとシルフェを抱き寄せ、じっと目を見た。

「今のケガはね、ちょっと血が出ただけでちゃんと洗って布でも巻けば、すぐに治ったと思う。二人の生命力をもらうようなものじゃなかったよ」

「……デモ」

「……ダッテ」

「二人が心配してくれたのはわかる。でも、私は二人の寿命をもらってまで、なんとかなりたいとは思ってないよ」

「……デモ……トール、イタイッテ……」

「……ダッテ……トールノ傷、ヤダッタノ……」

「……うん」

うん……。

「かわいいね……。かわいいね……」

かわいさと愛しさ。大切な話をしていたはずだが、もはやかわいさと愛しさしかない。見て、このきゅるんとした青い目……。見て、このうるうるの赤い目……。

なにも言えなくなった私に代わり、ザイラードさんが質問を続けた。

「今ので寿命はどれぐらい減ったんだ？」

「マバタキグライ」

「瞬き、ぐらい」

なるほど？

「もし、体が半分しか残っていなかったとして、そこから蘇生したらどれぐらい減る？」

「サンニチグライ」

「三日、ぐらい」

軽。羽毛布団じゃん。生命力を渡すってそんなに重くなかった。

レジェドもシルフェも生命力満点だね。

「……じゃあ、いいか」

いっか。生命力もらっても。できるだけ体が半分になることは避けるけど、もしものときはいっか。

「ソウダ！　トールガイタクナイナライイ！」

「ウン！　トールガ元気ナライイ！」

私の適当な返事と、レジェドとシルフェのうれしそうな声。

それを聞いてザイラードさんがほっと息を吐いた。

「そうだな。あなたには力があるが、傷ついたり病気をしたりしたときなど、どうするかは心配していた。これで解決するならよかった」

「え、そんな心配をしてくれていたんですか……？」

「ああ、気になって毎日あなたの部屋を訪問していたんだが……」

そうか。ザイラードさんが毎朝訪ねてくれたのは、体調を心配してくれていたのか……。

「あなたは疲労困憊の状態でここへ来ただろう？　日に日に顔色がよくなっているとは思っていたが、もしかしたらあまり体が強くないのかもしれないと感じていたんだ」

「いやいや、割と元気は元気なんですよ」

心配させて申し訳ない。ちょっと仕事が立て込んでいたのと、上司の嫌味攻撃で精神が削れていただけなのだ。

ここに来てぐっすり眠れるし、上司はいないしで、正直どんどんと元気になっている。

体も病気知らずとは言わないが、ちょっとぐらいなら無理をしてもなんとかなっていたからこそ、仕事を続けているという状態だったしね。

「あなたは異世界からここに来て、私たちを救ってくれた。できるだけ健やかに楽しく過ごして欲しい」

「あ……」

ザイラードさんは傷の治った私の手を両手でそっと包んだ。

「あなたが笑うと、うれしいんだ」

「あ、あ、あ、あ」

きらきらの金髪ときれいなエメラルドグリーンの目。大きくて温かい手。優しい表情。

これぞ、私を「あ」しか言わせなくさせる魅力。

「トゲに気を付けろ。キイチゴは逃げないから、ゆっくり採ってくれ」

「あ。あ」

私はぎこちなく頷いた。ザイラードさんが神すぎて、私はどんどんやられている気がする……。こわい。

そうして、トゲを避けたり、ザイラードさんの魅力にやられたりと、ぎこちなかったキイチゴ狩りだが、だんだんうまくなってくる。

私の横では、レジェドが器用に足でキイチゴを採ってくれ、シルフェはあたりを走り回っている。平和だ。そう、これである。これが私がやりたかったことなのだ。

そんな私が、異世界でできるようになった六つのこと。

1. 魔物をペット化できる
2. 魔物と契約できる
3. 契約した魔物とお互いの位置がわかる（らしいが今は魔物だけが私の位置がわかる）
4. 契約した魔物の力を受け取れる
5. 契約した魔物の生命力を受け取れる
6. 「あ、あ」しか言えなくなる

オケ。ほぼ私が怪物化している。黒い布とお面がいる。楽しく暮らしたいという私の願いの斜め上を行っている。

そして、ザイラードさんはすごく優しい。最初に出会った人がザイラードさんで、本当によかったよね……。出会ったのがザイラードさんではなく、あの派手な服の第一王子だったら、私は今頃、王宮で枕を殴って暮らしていただろう。一緒についていった女子高生は大丈夫かなぁ。

「大丈夫だろうなぁ……」

思い浮かんだ瞬間、まずは心配した。でも、ぼんやりと思い出してみると、すぐに問題なさそうな気がしたよね。

なんせメンタルが強そうだった。若さと気の強さで乗り切っている気がする。

「トール！　イッパイトレタナ！」

「イッパイトレタネ！」

考えごとをしていた私を引き戻すように、レジェドとシルフェの明るい声が響く。

私は考えを中断し、二人に「そうだね」と頷いた。

「じゃあ、採ってきたキイチゴで料理を作ろうか」

「タノシミダナ！」

「タノシミダネ！」

そうして、採集を終了した私たちは騎士団の駐屯地へと帰還。

ザイラードさんは道が崩落していたことと、それを私が復旧した（？）ことを報告しに行った。

今、私が立っているのは、騎士団の厨房。

駐屯地に暮らす騎士たちの食事を作るため、かなり広く、いろいろな調理器具も揃っていた。

トゲに気を付けながら、みんなでキイチゴを採集した結果、私の持ってきたカゴはキイチゴでいっぱいになっていた。

さあ、レッツ、クッキング！

「では、よろしくおねがいします」

大量に採れたキイチゴを調理台に置き、私は目の前にいる人に丁寧にお辞儀をした。

「いやぁ聖女様に畏まられたら困るよ。おいしいのを作ろうねぇ」

私がお辞儀をした人物が、ほがらかににこにこと笑う。

この方はマリーゴさん。料理を作りたいと言った私に、ザイラードさんが紹介してくれた、近所の村に住む年配の女性である。

「マリーゴさんはお菓子作りの達人だと聞きました。私はあまり得意ではないのでご迷惑をおかけすると思います。今回は本当にありがとうございます」

「ほらまたぁ。困っちゃうよ」

マリーゴさんは水色のワンピースに丸い眼鏡をかけて、すこしだけふくよかな体形をしている。白いエプロンがよく似合っていた。

笑顔が優しくて、こっちまでほわほわとしてしまう。

「達人ってことはないんだよ。ただ食べるのが好きで、こうやって人に教えるのも好きだからね。村の料理をしたいのには教えちゃったから、こうしてまた出番が来てうれしいんだよ」

そう言って、またほがらかに笑ってくれるから「キイチゴで料理を作りたいがよくわからない」という私のわがままでお願いしてしまった申し訳なさが薄れる。

代わりに、こうやって素敵な人を紹介してくれたザイラードさんや、引き受けてくれたマリーゴさんへの感謝があふれてくるよね……。

それに、こう……。初めて会った気がしない。お菓子作りの達人と言われたとき、「なるほど！」と思ってしまったもんね……。クッキーを……クッキーを作っていそう……。

「それより、私で本当にいいのかい？　私は村から出たことがないし、聖女様に対しての礼儀とかわからないんだよ。今も失礼なことをしてるんじゃないかって心配でねぇ」

「まったく心配ありません。今は聖女と呼ばれていますが、こんなことになる前は一般人でした。……今も私としてはなにか変わったわけではないです」

怪物化は進んでいるが。異世界に来て手をかざして魔物をペット化する能力に目覚めてはいるが、それ以外はレジェドやシルフェの力だし。

私の力といえば、「あ、あ」しか言えなくなるぐらいである。ただの見つめ合うとおしゃべりできなくなるだけの存在なのだ。

元来のものが酷すぎて、遠くを見てふっと笑う。

すると、マリーゴさんはなにを思ったのか、一度息を呑んで……それから私をふわっと抱きしめた。

「そうか……そうだね……うん、そうなんだよね……。普通の女性がいきなり聖女だなんて言われて、こんな僻地に飛ばされて、魔物と戦わされて……。そうだったんだね……」

温かい体温と優しい言葉。マリーゴさんはずずっと洟をすすった。

……ん？　……んん⁇　泣いてる？

「こんな痩せている若い女の子が……こんな僻地で……。聖女様なら、王都で華やかな暮らしができるはずなのにね……。それでも、こうやって私に丁寧に接して……。なんて健気なんだい……」

「あ、いえ、それは」

まったく違うというか。まったく健気からは程遠い性格と言いましょうか。

「いいんだよ、いいんだよ。なにも言わなくていい。わかってるよ……っ」

「いえ、本当に」

「さっ!! 作ろうかね!!」

なにかすごく悲劇的な物語が構築された匂いを感じ、慌てて否定しようとする。

しかし、マリーゴさんはズッと勢いよく一回洟をすすると、急いで私から体を離した。

「聖女様の穏やかな休日のためだからね。おいしいものは心を癒すはずさっ」

「そうですね」

それはそう。

「それじゃあ、今日作るメニューを発表するよ」

「はい」

悲劇的な物語を訂正する隙がない。まあいいか。おいしいキイチゴメニューのほうが気になるし。あっさりと食べ物に釣られる私。わくわくとマリーゴさんの言葉を待つ。

本日のメニューは！

「――キイチゴのカスタードパイだよ」　メニュー名からすでにおいしさがあふれている！

でも、初心者には難しそうだよね？

「すごくおいしそうなんですが、私でも作れるでしょうか。かなり初心者なんですが……」

「それは大丈夫だよ」

すると、マリーゴさんは私を安心させるように頷いた。

「騎士団長さんに聞いてたからね。聖女様が楽しく作れるようにしようと思ってるよ。ほら、これを見ておくれ」

マリーゴさんはそう言うと、調理台に置かれていたチェックの布をパサァと外した。そこに載っていたのは――

「わぁ……これはパイ、ですね。もう焼けてるんですか？」

「ああ土台を作っておいたんだ。パイ生地を焼いたあと、アーモンドクリームも入れてもう一度焼いたんだ。聖女様にはカスタード作りと飾り付けをしてもらおうと思ってね」

「ありがとうございます。それならできそうです！」

マリーゴさんの気遣いありがたい……。初心者の私でも楽しめる部分を考えてくれている。神……。異世界に神多すぎる……。心でそっと拝む。

「じゃあ、さっそくカスタード作りだよ！」

「はい！」

私が元気に返事をすると、右肩にいたレジェドが首を傾げた。

「カスタードッテ、ウマイ？」

「うん。おいしいよ。楽しみだね」

そんなレジェドにふふっと笑って返す。あ、というか。

「レジェドとシルフェってものを食べるの？」

そもそも論。一緒にいて、二人が食事を摂っているのを見たことがない。まぁ魔物だしなと思ってスルーしていたが、ちょっと気になる。

するとと、レジェドが翼をパタパタと必死に動かした。

「タベル！　トールノ、タベル!!」

「食べて大丈夫？」

「ダイジョウブ！」

人間用のお菓子を人間以外の動物が食べるのは良くないと思うが、魔物だと大丈夫なのだろうか。まあ、レジェドが大丈夫って言ってるんだから、きっと大丈夫だろう。

「それじゃあ、パイができたらみんなで食べようね」

「オウ！」

レジェドに笑いかける。すると、足元からクーンクーンと声がして……。

「ボクモ……!!　ボクモイッショ……。デモ、ミエナイ……」

シルフェが悲し気な声を出す。飛んでいるレジェドと違い、小型犬サイズのシルフェはテーブルの上が見えていないらしい。

蚊帳の外な感じでちょっとかわいそうではある。どうしたらいいかな……。うーんと悩んでいると、マリーゴさんはほがらかに笑って、イスを引き寄せた。

「ほら、そっちのかわいいのはここに乗るといいよ」

「ウン！」

「でも、高さが足りないね。ほら、クッションだよ。これならどうだい？」

「ミエル！」

イスの上にはふかふかのクッション。そこに乗れば、ちょうどシルフェがおすわりをするとテーブルの作業が見えるようになった。それがとてもうれしかったようで、シルフェの小さなしっぽがふりふりと揺れる。

うん……うん……よかったね……。

「クッションだと不安定だから、今度うちにある子ども用のイスを持ってきてあげるよ。きっとこのかわいいのにぴったりだと思うよ。そっちのかわいいのも落ちないようにね」

「オレ、オチナイ！」

「そうかい。じゃあそこで一緒に作ろうね」

「オウ！」

「ありがとうございます……」

優しい……。私に優しくしてくれるだけじゃなく、レジェドやシルフェにもこんなに優しいなんて……。ありがたい。あと、こうして二人に優しくしてもらえると、私の心もほわほわする。そうか、こんな気持ちになるんだなぁ……。

ペットを飼ったことがなかったからわからなかったが、揃って優しくしてもらえるととてもうれしい。新発見だ。

「ほら、材料は四つだよ。卵、牛乳、砂糖、薄力粉。混ぜて火にかけるだけ。どうだい？簡単だろう？」

マリーゴさんがほがらかに笑う。

カスタードを作ってみようと思ったことがないからわからないが、そう言われるとそんな気がする。いや、本当は難しいんだろうが、マリーゴさんの笑顔や言葉を聞くと「やってみよう」という気持ちが高まるよね。さすがお菓子作りの達人。教えるのもうまい。

「よし、じゃあまずは卵をボウルに割るよ」

「はい！」

そうして、マリーゴさんに教わって、カスタード作りスタート！

割った卵を黄身と白身に分けて、黄身のほうを使うらしい。量っておいた砂糖と混ぜると、鮮やかな黄色から白っぽくなってくる。

「うん。なかなかいいじゃないか」

「へへっ」

要所要所でマリーゴさんが褒めてくれるので、照れ笑いが止まらない。楽しい……！

お菓子作りって楽しい……！

「次は粉を入れるよ。そうしたら軽く混ぜるだけでいいからね」

「こう……ですか？」

「ああ、それで十分だ。ほら、こっちで牛乳を温めるよ」

お菓子作りはいろいろと量るものが多い。そして、一つ一つの作業にこっそりとコツがあるようだ。マリーゴさんが簡単そうに言うし、こうしてタイミングを見てくれているからスムーズだが、一人でやるとてんやわんやになりそうだ。

「牛乳はこれぐらいの温め方だよ。ふつふつしすぎる前に火からおろすのさ」

「沸騰する前……なんですね」

「さ、これをさっきのボウルにゆっくり入れながら混ぜるよ！」

卵と砂糖、薄力粉を混ぜたものに、温めた牛乳を入れていく。少しずつ入れながら混ぜると、ほぼ色も匂いも私が知っているカスタードと一緒。でも、あのもったり感はない。

「まだ、さらさらなんですね」

「ああ。これを鍋で温めながら混ぜると粘りが出てくるんだよ」

「そうなんですね……」

お菓子作りって不思議……。

「ほら、あんまり火が強いと焦げちゃうよ！」

「あ、はいっ！」

マリーゴさんに見てもらいながら、鍋の中身を木べらでぐるぐると混ぜ、火にかけていく。すると、だんだんとかき混ぜるのに力がいるように変わり……。おお……本当にもったりしてきた！

「よし、いいじゃないか！」

「わぁ……！」

マリーゴさんが親指をビッと上げる。鍋の中にはなめらかできれいな淡黄色。クリームだぁ……。すごく感動する。マリーゴさんにたくさん助けてもらったので、一人で作ったとは全然思えないが、これが私のカスタードクリーム……！

「じゃあ、これを冷やしている間に、上に載せるキイチゴを準備しよう。せっかくの採れたてのキイチゴがこんなにあるからね。たっぷり飾ろうね」

「はい！」

「ほら、みんなでどれを飾るか選んでごらん」

マリーゴさんに言われ、私とレジェドとシルフェでキイチゴの入ったカゴを覗く。

「これが大きくていいかな？」

「オレ、コレガイイ！」

「ボク、コレ!!」

大きいのや形がいいヤツ、赤色がきれいなヤツ。レジェドとシルフェと話しながら決め、気づけばいっぱい選んでいた。

「あ……ちょっと多すぎましたかね……」

調子に乗ってしまったかも……。でも、マリーゴさんは大丈夫！　と笑ってくれた。

「全部盛り付けよう！　豪華でいいじゃないか。さあ、カスタードも冷めたから、パイに絞っていくよ」

「はいっ！」

さあ、飾り付けだ！　マリーゴさんが作ってくれていた土台にさっき作ったカスタードクリームを絞っていく。初めてなので下手くそだったけど、マリーゴさん曰く、上にキイチゴを載せるからちょっとぐらいの失敗は問題ないらしい。

そして、レジェドやシルフェとともに、選んだキイチゴをたっぷり載せていった。最後にミントの葉を載せれば——

「うん！　おいしそうじゃないか！」

「ウマソウ！」

「オイシソウ!!」

──完成!!

「きれい……」

採れたてのキイチゴが赤く輝いている。飾ったミントの緑色も映えて、これはもう完璧。

「キイチゴのカスタードパイ。できました……!!」

できあがったパイにテンションが上がる。

さあ食べよう！　と張り切っていると、マリーゴさんは「馬に蹴られたくはないからね」と言って、ほがらかに笑って、帰っていってしまった。

採ってきたキイチゴの残りをお土産に持って帰ってもらったが、こんなに良くしてもらったのだから、全然報酬が足りないと思う。この恩はいつか必ず返そう……。

というわけで、ザイラードさんとレジェド、シルフェでパイを食べることになった。

道の復旧の報告を終えたザイラードさんが厨房まで迎えに来てくれていたので、一緒に移動していく。

場所は騎士団の駐屯地の端。森の木陰にテーブルとイスが置かれ、ちょっとした休憩所のようになっていた。ちょうど騎士団の建物からは、そこが見えにくいようだ。

「こんな場所があったんですね」

「ああ。いい隠れ場所だろ？」

ザイラードさんがニッと笑う。ちょっと悪い笑顔だ。

「ここにいると公私が一緒になってしまう。私室で休んでいても、あいつらはすぐにやってくるからな」

「あー……」

「なにかあったら駆けつけられる。そして、なにもなければあいつらに見つからない。そういう場所が欲しかったんだ」

ザイラードさんの言葉に「なるほど」と頷いた。

『あいつら』とはここに勤める騎士のことだろう。第七騎士団は辺境にあるため、騎士はここに住み、ここで働いている。

ザイラードさんも例外なく、ここで生活しながら働いているわけだが、そうなると勤務時間と休憩時間、休暇が混同してしまうんだろう。

現に今日もザイラードさんは休暇だったはずだが、道の崩落と復旧についての報告をしていた。それは仕事である。

ザイラードさん自身が働いてしまうということもあるだろうが、部下である騎士たちもザイラードさんを見ると、ついつい仕事の話をしてしまうのかもしれない。

「ザイラードさん、いい上司ですもんね……」

騎士たちとのやりとりも見たが、任せるところは任せながら、相談されれば聞き、一緒に考えていた。そして、レジェドやシルフェが現れたときには真っ先に一番危険な場所へ飛び込みながら、指示を送っていた。

まさに理想の上司である。『こんな上司が欲しかったランキング』の堂々一位である。

ザイラードさんであれば、部下も仕事をがんばろうと思えるだろう。がんばれば成果が出るように仕事を振ってくれそうだし、成果が出なくても責めたりせず、見守ってくれそう。休暇もちゃんとくれるよね……。

困ったらそりゃザイラードさんに相談したくなる。休暇だとしても対応してくれるのがわかるし、邪険にされないのもわかるし……。甘えちゃうよね……。

「ザイラードさんには頼りたくなります」

わかるよ。騎士のみなさん。

なので、うんうんと頷くと、ザイラードさんは照れたように笑った。

「あいつらにいいように使われているだけだろうが、そう言われるとうれしいな」

「いや、みなさん本当にザイラードさんのことが好きですよね」

間違いない。

「それに今も重い荷物を持ってもらってしまって……」

ザイラードさんの手にはキイチゴのカスタードパイとお皿、お茶を淹れる一式を入れたバスケット。日本のようにプラスチックがあるわけではないから、かなり重いのだ。

ザイラードさんはそれを軽々と片手に持ってくれている。紳士。感謝。

「あいつらだったら、自分のものは自分で持てと言うけどな」

「なるほど」

たしかに男性同士であればそうかもしれない。というか。

「私にこの場所を教えてしまってよかったんですか？」

せっかくの隠れ場所に私を案内してよかったんだろうか。

はて？　と首を傾げると、ザイラードさんは「ああ」と頷いた。

「むしろ、一緒にいるときはここへ誘うことが多くなるかもしれないが、いいだろうか？」

「もちろん、いいですけど」

木漏れ日はきらきらしていてキレイだし、テーブルやイスもしっかりしているから問題ない。今は畳まれているが、シェードを広げられるような紐が木と木の間に張られているから、雨避けもできそうだ。環境、設備ともに問題なし。

私室も嫌いではないが、こうして外の空気を吸うのも悪くないと思う。

ので、素直に頷く。すると、ザイラードさんはうれしそうに笑って――

「あなたと二人の時間を邪魔されたくないからな」

「あ……あ……」

まぶしっ……。木漏れ日を浴びてきらきら輝くザイラードさんの笑顔、まぶしっ……。

突然（とつぜん）の発光に、思わず手に持っていたクッションで顔を隠す。浄化（じょうか）されてしまうからね。

「ハヤク、タベル！」

「ハヤク、タベタイ！」

そんな私とザイラードさんの会話（？）にレジェドとシルフェの声が被（かぶ）る。

パイができてから二人はずっとそわそわしながら、ついてきてくれているのだ。その言葉ごもっとも。

「そうだね、早く食べよう」

「ああ、準備するからな」

四角い木のテーブルにザイラードさんがバスケットを置き、中からパイとお皿、ポットカバーに包まれたティーポットを取り出す。

厨房で紅茶を淹れて、温かいまま運んでくれていたのだ。持ってきたカップに入れれば、これでお茶の準備よし。

パイはすでにカットされているので、お皿へと載せて、テーブルに並べれば――

「わぁ……素敵なお茶会ですね……」

テーブルの真ん中にはキイチゴのカスタードパイ。四カットほど抜（ぬ）かれたホールの残りがおいしそうに輝いている。小ぶりのカップに入れた温かい紅茶から、ほかほかと湯気が上がっていた。

「モウイイカ？」

「モウイイノ？」

ちょうど四つあったイスに私とザイラードさん、レジェドとシルフェで座る。

レジェドとシルフェのイスには、私が持ってきたクッションを載せて、ちょうどいい高さにしてある。というわけで！

「食べよう！」

「オウ！」

「ウン！」

「そうだな」

「いただきまーす！」

私の声を合図に、みんなで一斉にパイを口へ運ぶ。

私とザイラードさんはフォークで小さく切って。レジェドとシルフェはそのまま口でぱくん！　赤いキイチゴとカスタード、アーモンドクリームとパイが口に入ると――

「おいしい！」

「ウマーイ！」

「オイシーイ！」

「すごくうまいな！」

――最高のおいしさ!!

「キイチゴが甘酸っぱくて、ジューシー……！」

「コレ！　アマイヤツ、ウマイ!!」

「アマイノ、オイシイ!!」

「カスタードがちょうどいい甘さだ。パイもサクサクだな」

マリーゴさんが焼いておいてくれたパイはバターの香りがしっかりして、アーモンドクリームの部分がホロホロと崩れていくのがとてもおいしい。

カスタードクリームはなめらかで、柔らかな甘さが最高に合っている。

さらに、キイチゴのフレッシュな甘酸っぱさのおかげで、口がさっぱりとして、いくらでも食べてしまいそう……！

「はぁぁ……幸せです……」

次のパイをフォークで掬いあげながら、しみじみと呟く。

おいしい。おいしいって幸せ……。そしてなにより……。

「トールノ、ウマイ！」

「トールノ、オイシイ！」

「ああ、最高だな」

……一緒に笑顔で食べてくれるから。

おいしさがもっともっと広がっていく気がする。

「初めて作ったんですけど、マリーゴさんのおかげでうまくいきました。マリーゴさんはもちろんですが、これも紹介してくれたザイラードさんのおかげです。ありがとうございます」

「俺もあなたの手料理を一緒に食べられて、本当にうれしい。マリーゴにはたくさん礼をしなくてはならないな。騎士団長になって一番楽しい休日だ」

ザイラードさんが優しく目を和らげる。

私のやりたいことに付き合わせてしまった休暇になったけれど、ザイラードさんが楽しんでくれたのならばよかった。

目の前においしいお菓子があって。私も思わず笑顔になってしまう。楽しそうなレジェドとシルフェがいて。ザイラードさんが優しくて……。最高！

そうして、みんなで食べていけば、パイはあっという間になくなって――

「アァ、モウナクナッタ」

「ワァン、モウナイ……」

空っぽになったお皿を前に、レジェドとシルフェがしょんぼりと肩を落とす。

私は「大丈夫」と手を伸ばして、二人を撫でた。

「まだ残ってるよ。またあとで食べよう？」

「……ソウダナ！」

「ソウダネ！」

二人は気を取り直したようで、目をパッと輝かせた。

そして、レジェドはイスから飛び立ち、私の右肩へと戻ってくる。

口にクリームとパイのかけらがついていたので、ハンカチを出して拭いてあげた。

穏やかな時間。……だったんだけど。

「ザイラードさん……。なんかすごく寒くないですか？」

「そうだな。これはおかしい」

いきなりグッと気温が下がった。そして――

「雪……？」

見上げた空からはチラチラと白いものが降ってきていた。

さっきまで暖かかったのに、なんでいきなり……。しかも、最初の雪はチラチラぐらいだったけど、どんどん勢いが増している気がする。え、これ、積もる……!?

「テーブルの上、片付けます」

「ああ、そうだな」

パイやカップに雪が積もってはいけないので、急いでバスケットへ戻す。

そして、異世界事情を尋ねた。

「ザイラードさん、ここでは気温ってすこしの時間で変動するんですか……？」

異世界だし。ないとも言い切れない。本日は二十三度、日差しの暖かな朝でしょう。からの、午後は氷点下二度、雪が舞うでしょう。みたいな。

しかし、私の質問に、ザイラードさんは「いや」と首を振った。

「雲が出て気温が下がることはあるが、こんなことは初めてだ。雪が降るような季節でもない」

そう答えると、ザイラードさんは私の肩にそっとマントを掛けてくれた。

「とにかく室内へ戻ろう」

「あ、マント……、ザイラードさんが寒くないですか？」

「俺は大丈夫だ。さあ、行こう」

ザイラードさんがバスケットを持ち、そっと私の手を取る。

マントを返しそびれてしまった私は、そのまま騎士団の建物へと足を向けた。

すると、右肩にいたレジェドがマントの隙間にぐいぐいと鼻を入れてきて――

「オレ、サムイ、キライ」

「そうなんだ。わかった、ここおいで」

「オゥ」

心なしかテンション下がり気味のレジェドの声を聞き、左手でマントの前を合わせる。

右肩から私の胸の前へと移動したレジェドは、マントと私の左腕の隙間にすっぽりと収まった。

レジェドの体はたしかに耐寒性能が低そうだ。一方のシルフェは――

「雪！　ウレシイ！」

――やはり犬（シルバーフェンリルだが）。

私の周りの半径2mぐらいを、はしゃいでぐるぐると駆け回っている。すでに1㎝ぐらい積もった雪にシルフェの足跡がたくさん。

「シルフェは寒いの平気なの？」

「コレグライ、サムクナイ！」

「そっか」

真っ白なシルフェの毛皮。ふわふわのそれに雪が落ちていく。どちらもふわふわでどこまでが毛皮でどこからが雪か見分けがつかない。

シルフェは赤い瞳をきらきらと輝かせ、口から舌を出している。ハッハッハッと速い息遣いで走り回り、とても楽しそうだ。

その姿を見ていると、私も笑顔になってしまう。

腕の中にすっぽりとはまっているレジェドもかわいいし、はしゃぐシルフェもかわいい。ここがかわいいの宝石箱や……。

二人の姿をしみじみ摂取していると、ザイラードさんが繋いだ手にきゅっと力を入れた。

「せっかくの休日だが、この気温の変動について調べる必要がありそうだ」

「あー、そうですよね……。本当にお疲れ様です」

午前中は私とキイチゴ狩り。森の道が崩落したことを報告し、昼食。午後からは私と一緒にキイチゴのカスタードパイを食べる会。そしてこれからは気温の変動についての調査。

……………。ザイラードさんの休日、大変すぎる。どうか時間外手当を多めに……。

「あなたともっと一緒に過ごしたかったな……」

ザイラードさんのエメラルドグリーンの瞳。すごく優しい色。

雪の中でもザイラードさんの金色の髪は輝いていて――

「どうしたんだこれは！　事件か！」

――弾みそうになる胸は、一瞬で普通の鼓動に戻った。そして、テンションが下がった。

「どうなっている！　なにが起こった！」

あーこの声、聞いたことあるぅ。もう二度と聞かなくていいなって思っていたが……。

「ザイラードはどこだ！」

あぁ……ザイラードさんを捜してる……。

チラッと見上げたザイラードさんは、すごくいやそうな顔。

するると、男性の声のあとに女性の声もして――

「ザイラードがいないなら、ほかの者でもいい！　報告をしろ！」

「事件ならば、私が解決できます」

あー……この声。……わぁ元気そう……。

即座にわかるこの声。最初に聞いた声とセットで聞くと、より頭が痛くなるこの声。

「うむ！　私にかかればすぐに解決だな！」

「はい。私の力も見せます」

異世界に来たときぶりだね。そして、相変わらず、なぜか二人とも自信たっぷりだね。

「ザイラードさん……」

「ああ……雪が降る以上に厄介なのが来たな……」

第一王子と女子高生。突然の気温変動よりも頭が痛くなる二人。なぜかウキウキとしているように見えるし。

頬を上気させた二人を見つけて、思わず足を止めてしまったザイラードさんと私に罪はないだろう。が、気づいたときにはもう遅くて――

「そこにいるのはザイラードか！　この突然の雪についてすぐに私に報告をしろ！」

「隣にいるのは一緒に来た女性ですね。今度こそ、私が聖女であることを証明しますから」

――居丈高な王子と、私をキッと睨む女子高生。

「めんどくさいことになりましたね……」

「めんどくさいことになったな……」

ザイラードさんと私はがっくりと肩を落とした。

休日。最高の休日が突然迷子……。どうして休日、すぐ消えてしまうん……？

厄介事セットが突然現れたわけだが、ザイラードさんと二人で雪に積もられていてもなにも始まらない。

ザイラードさんは私を隠すようにすこし前へ出ると、私の耳元に顔を寄せた。

「ここは俺が行くから、あなたは違う入り口から室内へ」

「すみません、ありがとうございます……」

かたじけねぇ……。本当にかたじけねぇです。

すばらしい女性であれば「ザイラードさんを一人にできません」とか言うかもしれないが、私はすばらしくないので、脱出します。

第一王子と女子高生に関わりたくないし、そういうのをうまくやり過ごすスキルもない。

ザイラードさんは騎士団長だし、スキルがある。故にお任せします。感謝。圧倒的感謝。

こういうところが上司にしたい男性Ｎｏ．１である。

「ここでは冷えるだけだ。情報を集めるから中へ入れ」

ザイラードさんはそう言って、第一王子や女子高生を屋内へと誘導する。

第一王子や女子高生の周りで困っていた騎士たちも、ほっとしたような表情になり、中へと入っていった。

そして、私は、はしゃいでいるシルフェに呼びかける。

「こっち……」

できるだけ小さな声で。第一王子や女子高生にバレないように。そっとみんなの輪から外れていく。シルフェは「ン？」と首を傾げたあと、私のあとに続いた。

ザイラードさんはそんな私に視線を送ったあと、室内へと入っていく。

あの視線は『任せろ』のサイン。たぶん。神……。

心の中で拝みながら一礼。私に返せるものはないのだが、恩は忘れません。

そうして、別の入り口から室内へ入ろうと思ったのだが……。

「だめです……ここは……」

「え」

正面出口から離れ、厨房のほうの出入り口に回ったのだが、入ろうとすると騎士に止められた。なんで？

「すみません。ここにはあの少女がいて……」

「あ、そうなんです？」

「団長が手に持っていたバスケットを騎士に託したのですが、あの少女が、自分が厨房へ持っていくと言って聞かなくて……」

「ああ……なるほど……？」

ちょっとその場面を想像してみる。

ザイラードさんはお茶会に使った食器や、パイが入ったバスケットを持っていた。で、それを厨房へ返すために、近くにいた騎士に頼んだのだろう。ザイラードさん本人は執務室へ行くか、第一王子や女子高生へ説明するために応接室へと移動し、情報収集や報告をしたかったわけだ。

すると、女子高生は、バスケットを厨房へと運ぶ役目を買って出た、と。

うん。やる気がある。すぐに脱出した私に比べて、自分から仕事を探しているわけだよね。できそうなことであれば自分がする。そうか。すばらしい。あちらはすばらしい女性だった。

「彼女は厨房の場所はわからないので、騎士がついてきているってことですね……」

「はい……。結局三人の騎士が警備を兼ねて移動しています……」

「……お疲れ様です」

バスケットぐらい騎士の一人がさっさと運びたかっただろうね……。でも、異世界からきた聖女様がわざわざ仕事をしてくれるわけだから、それを断るのもな……。

ザイラードさんや騎士たちの反応を考えて、ただただ気の毒に思う。

とりあえず、ここから屋内に入ると女子高生に見つかってしまう。しかたなく、雪の中へ戻って（もど）いく私も気の毒……。マントにしんしんと雪が降り積もってるよ……。

「もう一度、正面に戻ります」

「申し訳ありません……」

「いえいえ、騎士さんのせいじゃないです。むしろ私のせいなので……」

厄介事から逃げる（に）ために、雪に降られる。もはや因果。因果が応報してきてる。

女子高生のことを教えてくれた騎士にお礼を言い、ふたたび雪の中を歩いていく。

最初は1㎝の積雪だったが、今は5㎝ぐらいだ。雪ってすごい、あっという間にあたりを白に染めつくしている。

「シルフェーいくよー」

真っ白な地面に真っ白な毛皮。保護色と化したシルフェに声をかけて、元の入り口を目指す。そして、到着（とうちゃく）したのだが——

「どうしてこんなに遅かったんですか？」

——そこでは女子高生が私を待っていた。

「えっと……なぜここに？」

こんなことってある？　それに、女子高生は一応敬語だけれど、トゲを感じる……。

「窓の外を見たら、あなたが雪の中にいたからです」

「なるほど……」

「犬と遊んでいたんですか？」

女子高生の目線の先には、相変わらずはしゃぐシルフェ。ハッハッハッと楽しそうに息を弾ませながら私の足元をぐるぐる回っている。

「たぶん？」

「なんで疑問形なんですか」

「なんでかな……」

厄介事から逃げようとした結果、大量の雪に降られながら、庭をさまよった挙句、こうして見つかっている自分の無様さにびっくりしているからかな……。

「早く行きませんか？　今はそれどころじゃないと思います」

「あ……ですね……」

その通り。今は気温変動について考えるべきで、犬と遊ぶべきときではない。はい。

「ドウシタ？　ブレス、スルカ？」

「ナニナニ？『エイ！』スル？」

「しないしない」

ストレス解消にブレスや圧縮をしていたら、世界情勢が変わってしまう。

レジェドとシルフェはそうやって生きてきたから、世界がいろいろ動いたんだろうが。

そうして話していると、女子高生の顔がみるみる曇っていき……。

「……話せるんですね、その動物」

「あ、そうです……」

女子高生の顔がキッと睨みの表情に変わる。

「私のほうが、あなたよりすごいですから」

「はい……」

「私が聖女よ!!」

女子高生はそう言うと、ぎゅうっと胸のあたりを押さえた。

「あ、大丈夫……？」

大きい声を出したから、苦しくなった？

慌てて、二、三歩進むと、女子高生は胸においた手をすぐに離し、私をもう一度睨んだ。

「早く行きます！」

私に凄んだあと、屋内へと踵を返していく。

どうやら体の不調ではなさそうだ。それならば、私は――

「このまま……ここにいるパターンある……？」

どう？　神様？　この背中についていかないパターンあるかな……。ワンチャンくれませんか……。雪に埋もれていく選択肢。あると思います。

「もう!!」

しかし、女子高生は振り返って私を見た。

そして、雪にもめげず私の前までやってくると、私の肘を掴み進んでいき……。

「ちゃんと歩いてください」

「はい……」

雪だるまになる選択肢。なかった……。

女子高生に連行され、たどり着いたのは応接室だった。

扉を開けて入れば、第一王子が一人用ソファに腰かけていた。そして、ソファの後ろには護衛と思われる王宮騎士が五人立っている。

その対面に座っていたザイラードさんが私を見つけて、器用に眉を片方だけ上げた。

「どうした？」ということだろう。

私は、へへっと笑って、そっと左腕に視線を送った。そこにあるのは女子高生の手。肘をむんずと掴んでいる。

このやりとりだけでザイラードさんはなにが起こったのかだいたい把握したようだ。

素早く立ち上がり、私のそばへと歩み寄った。

「こちらへ。そして君はあちらへ」

私の右手をとり、そっとエスコート。

そして、女子高生に第一王子の隣の一人掛けのソファを示す。

女子高生は素直に頷くと、私の肘から手を外し、ソファへと移動した。

ザイラードさんはそのまま私を部屋の外へ送ろうとして……。

「どこへ行くんですか」

やはり女子高生に止められた。

ダメかー。この流れるようなエスコートでもダメかぁ。よっぽど私が一緒じゃないとダメなんだな……。

「ザイラードさん、大丈夫です。私もここにいます」

ザイラードさんは女子高生の言葉には足を止めなかったが、私の言葉には足を止めた。

そして、心配そうにこちらを見つめる。

「いいのか？」

「彼女はどうしても私にいてほしいみたいなので……」

いるだけ。いるだけだけどね。

役に立たないが邪魔をしない。そういうものに私はなりたい。

「そうか……。できるだけあなたに火の粉がかからないようにしよう」

「すみません、いつもいつも……」

逃げるのが下手だった私のせいなのに、申し訳ない。

上司にしたい男Ｎｏ．１のザイラードさんはこんなときにも気遣ってくれる。神。

「それで！　どこまでわかってるんだ⁉」

ザイラードさんと私がそれぞれ一人掛けのソファに座った瞬間、第一王子から質問が飛ぶ。前のめり。さすが意欲と行動力だけはすばらしい第一王子。

「昼過ぎから突然、気温が低下した。雪が降ったのは先ほどだ。ところで、なぜ第一王子と少女がここへ？」

「うむ！　王宮で過ごしていたが、とくになにも起こらない！　王宮にいるだけでは聖女の力が発揮できないだろう？」

「王宮でも、できることはあると思うが」

「事件が起こらないのに、力を発揮しようがない！　ので、事件が起こりそうな、ここにやってきたわけだ」

「……先触れは？」

「ここに来る前に書状を持たせて、騎士を派遣したはずだ！」

「いつだ？」

「昼食後だ！」

うん。ついさっきだな。

その返事にザイラードさんがこめかみを揉んだ。

「いいか。先触れはできるだけ早く出せ。決まったときに、だ。第一王子ともなれば最低でも十日前にはもらわねば困る」

「だが、緊急事態ではそうもいくまい？」

「緊急事態じゃなかっただろ、今日は」

「今は緊急事態だ！」

ザイラードさんがまたもこめかみを揉む。

そうなんだよなぁ……。すばらしい休日だったのに、緊急事態になったんだよなぁ……。

「午前中に報告書を読んだのだ。ここに残った異世界の女性が崩落した道を直した、と。大木が倒れ、巨石がいくつもあったが、その力を使い、元通りにしたそうじゃないか！　それをぜひ、この目で見たい」

「その話を聞いて、私にもできることがあるのではないかと思い、ここへ来ました」

あー……。私の「とう」と「えい」か……。

「転移魔法陣であれば、即座にここへ来ることができる。許可をとってからすぐにやってきたというわけだ！　すると、この気温変動。事件が起きていた！　事件を解決しよう！」

「私が聖女です。私にできることがあると思います！」

前のめり。前のめり二人組……。

ちなみに私にできることはない。雪の中をうろうろするだけである。

はたらくくるまとしての性能はあるが、除雪に向いているか？　というとな……。すべてを破壊してしまいそう……。

「とにかく、今は気温変動の調査中だ。移動中、わかる範囲で情報を集めたが、どうやら、気温変動は魔の森の向こう。国境より北から徐々に起こったようだ」

「徐々にか？」

「ああ。寒気の塊がこちらへ向かっている」

「寒気の塊……」

ザイラードさんの言葉に女子高生が呟く。

日本で冬になるとき、シベリア寒気団が張り出してくる。それで寒くなるわけだけど、そんな感じかな？

「本来の季節の変化であれば問題ない。だが、気温変動が局地的すぎるし、時季もおかしい。そして、寒気の塊が明らかにここを目指している」

ザイラードさんはそこまで言うと、私たちを見渡した。

「今、防寒着を用意させている。まずはそれを着用してくれ。もしかしたら――」

その途端、バタンと扉が開いた。

「団長！　予想通りでした!!」

部屋へ飛び込んできたのは防寒着を着込んだ騎士。頭に積もった雪を見ると、どうやら長時間、外にいたようだ。

「馬で偵察した結果を報告します！　寒気の塊の中央に魔物の姿あり！」

騎士はぐっと眉を寄せた。

「アイスフェニックスです!!」

すごい緊迫感だ。でも私はのんきにほほうと感心した。アイスフェニックス。なんかすごそう。あと、フェニックスって火のイメージがあるけど、氷のイメージはなかったなぁ。

「アイスフェニックスか！　準備を急げ！」

「私が行きます！」

ソファに座ったままの私に対し、第一王子と女子高生はガタッと音をさせて立ち上がった。ザイラードさんも立ち上がり、まずは報告した騎士を労う。さらに、近くの村への伝達の依頼もしていた。

そして、あれよあれよという間に、防寒着を持った騎士たちがやってきて、応接室にいた全員に配っていく。第一王子と女子高生、王宮騎士の分も用意できたようだ。

ザイラードさんは防寒着を羽織りながら、それぞれに指示を飛ばしていく。

そして、合間にふぅとため息を吐いた。

「レジェンドドラゴン、シルバーフェンリル、そして次はアイスフェニックスか……」

「強いんです？」

「ああ、伝説の魔物だ。なぜこんなにも短期間で……」

ザイラードさんの呟きに右肩と足元を見る。

レジェドとシルフェ。二人とも伝説の魔物だったが、私に手をかざされ、こんなにかわいくなった。ということは――

「……私も、行きます」

一応。一応ね。

また手をかざせばＯＫ！　とは思っていないが、すくなくともシルフェやレジェドの力が役に立つかもしれない。

部屋に漂う緊迫した空気から感じるに、きっとよくないことが起きている。

過去、レジェドが国を滅ぼしたように。シルフェが地形を変動させたように。今回のアイスフェニックスがこの国や土地に被害を及ぼす可能性があるのだろう。

ようやく立ち上がった私は防寒着を羽織る。

すると、ザイラードさんは申し訳なさそうに眉を下げた。

「……あなたはいつも、俺たちを救ってくれるのだな」

「いやいや、一度も救ったつもりはないんですけどね」

本当に。まったく。が、それはそれとして、アイスフェニックスにより騎士団や近隣の村に被害が出るのは困る。村にはマリーゴさんやその親戚、家族、友人がいるのだ。私はここの生活がとても好きだし、マリーゴさんにまたお菓子作りを教わりたい。

ならば、「えい」も「とう」もやろう。はたらこう私。

「では、みなで一致団結していくぞ！」

「はっ」

「指示はザイラードに任せる！」

「ああ」

第一王子が王宮騎士へ活を入れ、そのまま権限をザイラードさんへと譲る。流れるような委譲。

「では、シルバーフェンリルと戦ったときのように、王宮騎士は魔法障壁を作ってくれ」

「はい！」

「第一王子と少女の護衛はこちらが引き受けよう」

今日の王宮騎士は五人。事件の報告でやってきたわけではなく、道の崩落と修繕を見るだけの予定だったから、突然のことで人数も武器も足りていないはずだ。

けれど、ザイラードさんの言葉に力強く頷く。

さすが第一王子付きの王宮騎士の人たちだ。精鋭なんだろう。そして、王子の無茶ぶりに耐えているのも想像できる。さすがだなぁ。すばらしい働きぶりがまぶしすぎる。

そして、魔法が使える王宮騎士が力を発揮できるよう、また、地理や周囲との関係の調整ができる第七騎士団の騎士たちが護衛の仕事をするわけだ。

まぶしい。みんながまぶしい……。

思わず、目をしばしばさせていると、女子高生が一歩前へ出た。そして――

「――私に護衛は必要ありません」

まさかの。当人の護衛拒否。

そんな女子高生をなだめるように、第一王子が手で制した。

「しかし、あなたは聖女だ。その身に危険なことがあっては困る」

「私には力があります。必ず、今度こそ……うまくやる……」

女子高生は手をぎゅっと握り込んだ。

「……私がやりますから!!」

そう言って、突然、扉に向かって走る。咄嗟のことで、全員の体が動かなかった。

そんな中、ザイラードさんだけは素早く反応して――

「待て！　一人は危険だ！」

ザイラードさんの手が女子高生へ伸びる。

――これなら止められる。

そう思ったんだけど……。

「カッ！」

女子高生がキッとザイラードさんを睨む。そして、空気の破裂するような音がした。

その途端、ザイラードさんの動きが、ぎくしゃくと不自然に遅くなり……。

「私は……居場所を作る……！　もう、消えない……！」

ザイラードさんの手をすり抜けていく女子高生。応接室を飛び出して行き――

待て待て待て待て。どうした女子高生。

私のテンションと全然違う感じの、シリアスな言葉来ちゃったけど⁉

異世界でハッピーライフいえーい！　って生きていこうとした私に対し、彼女はもしや、かなりの意気込みだったのか……？……うん。そういえばそうだった……。

異世界初日から彼女は聖女であると主張し、すぐさま祈り、私を敵視していた。

仕事に疲れすぎていた私は思考が死んでいたため、気にしていなかったが、初日からそんなのができるっておかしいよな……。すごく入れ込んでたしな……。

というか、さっきザイラードさんの様子が変だった。

「ザイラードさん、大丈夫ですか」

「……ああ。体が一瞬、動かなかった。とにかく追う」

ザイラードさんはすでに女子高生を追うために走り出そうとしている。体の調子を見るために、手や肩を動かしているが、大丈夫そうだ。

　ザイラードさんを追って、私も走る。室内を走るのは行儀が良くないが、今はしかたないね。そうして、外へ出てみると……。

「さむっ」

　寒い。私が外でうろうろしていた頃よりもさらに寒くなっている。そして、雪が膝まで積もっている。こわい、雪国。ほんの一時でこの積雪。

　吹雪ではないが、しんしんと降り積もり、すべてを白で覆いつくしている……。

　積雪の多さに気を取られ、足を止める。

　すると、一緒に走ってきた騎士のだれかが声を上げた。

「アイスフェニックス……！」

　釣られて空を見上げれば、そこには水色の大きな鳥。地上から20ｍぐらいのところかな。

「わぁ……大きい……。あと、きれい……」

　降ってくる雪が邪魔で、はっきりと姿は見えないが、大きさ的には小型ジェットぐらいある。大きかった頃のレジェドやシルフェに比べれば二回りぐらい小さいが、それでもあんな巨大な生物が空を飛ぶなんてびっくりだ。

　そして、とてもきれい。羽？　がクリスタルみたいな感じで、透明できらきらと光っている。それが光の屈折で私には水色に見えているんだと思う。

　伝説の魔物と言われたら、たしかにそうだ。こんな美しい姿を見たら、呆然としちゃう。

そんな中、女子高生は――

「祈ってる……」

祈ってるね。こんな雪の中。

女子高生が進んだらしき道が降り積もる雪の上に線を走らせている。

膝まで積もった雪を走っていくのは大変だっただろうが、まだ降り始めで、雪が硬くないから大丈夫だったのだろう。

女子高生はアイスフェニックスの斜め下のあたりで、手を組み、一身に祈っていた。

きらきらと輝く美しいアイスフェニックスと美人な女子高生。降り積もる雪が一枚の絵のように幻想的だ。ただ……。

「ア？」

――全然、効果がない！

なにも……なにも起きている気がしない。むしろ、アイスフェニックスの目つきが鋭くなった気がする。そして、ビュウッと風が吹き、雪が舞った。

「……っ魔法障壁を！」

「はいっ！」

ザイラードさんの指示で、アイスフェニックスと女子高生との間に、青いシールドが張られる。瞬間、そこに向かって、アイスフェニックスが羽ばたいた。

バキンと壊れていくシールドと、突き刺さっている、透ける羽根。

どうやら、アイスフェニックスは羽根を飛ばして、攻撃したようだ。

すごいスピードでまっすぐに突き刺さったから、あれはもはや投げナイフのようなものなのでは……？　あれが直接当たったら、普通に危なくない……？

大量のナイフが一気に投げてこられることを想像し、背筋が冷たくなる。

「危ないよ！　こっちに……っ！」

思わず、大きな声が出た。そして、女子高生へと向かい雪の中を走る。ただ、雪が深くて、全然、スピードが出ない。ほぼ徒歩。

そんな私の隣をザイラードさんが雪を舞い上げながら、走り抜けていって――

「もういい、やめろ！」

「い、いや……！　私は……私はできるの……！　できないと……、だって……！」

ザイラードさんは女子高生の許まで走ると、その背に女子高生を庇った。

けれど、女子高生はザイラードさんの前に出ようと、もがくように雪を蹴る。

「そこをどいて！」

「今は個人の願いを叶えている場合じゃない！　死ぬぞ！」

「……っ、私なんかどうせ……！」

後ろに下がらせようとするザイラードさんと、それでも前へ出ようとする女子高生。

そして、雪の中をうまく走れない私。アイスフェニックスが鋭い目で見下ろしていて――

ああ――もうっ！

「レジェド、力を！」

「オウッ！」

防寒着の胸元にすっぽりと収まっていたレジェドがうれしそうな声を出す。

その途端、私の体がきらきらと光った。

目測、よし！　力加減、このぐらい！

『とう』

息を吸って、息を吐く！

すると、私の口からまっすぐの光線が出て、ちょうど女子高生とザイラードさんまで伸びた。そして、そこの雪がジュッと溶ける。

さすが私。無駄な才能！　ブレスの吐き方がうまい！

ばっちりと除雪された道を一気に走っていく。

「シルフェ、力を！」

「ウンッ！」

私のうしろを走ってくるシルフェに声をかける。その途端、私の体がきらきらと光った。

「ザイラードさん！　吹き飛ばします！」

「っ、わかった！」

私の言葉を合図にザイラードさんが女子高生から体を離す。

女子高生はなんのことだかわかっていないようで、驚いたように私を見つめた。

私は女子高生とアイスフェニックスの間に滑り込み――

『えい』」

触れたのは、女子高生の胸元あたりの空気。

ここを圧縮させて……そのまま解放！　すると――

「えっ――わぁ⁉」

女子高生の体が騎士団の建物に向かって、飛んでいった。

「受け止めてあげてください！」

「は、はいっ！」

体をくの字に曲げて、後ろ向きに飛んでいった女子高生を騎士の一人が受け止めてくれる。女子高生にケガはないようで、ただ目を開いたまま私を見ていた。

さすが私。コツをつかむのが早い！　圧縮で空気の力を活用することもできちゃう！

「そのまま、危なくないようにお願いします！」

騎士に女子高生を捕まえていてもらおう。というわけで。

「あとは君だけ！」

見上げれば、そこには美しい水色の鳳。

レジェドやシルフェに力を借りてもいいけれど、やっぱりあれだよね！

アイスフェニックスの美しい金色の目と見つめ合う。

アイスフェニックスはこくんと頷いたように見えた。

「よし！」

光れ、右手!!

「かわいくなぁれ！」

アイスフェニックスに右手をかざす。すると、水色の巨体がきらきらと光って——

「ホーン、コンナ気分ナンヤネ」

——みるみる体が小さくなる。

ゆっくりと地上に降りたアイスフェニックスは物珍しそうに自分の体を見つめた。

「ナンヤ、ケッタイナ体ヤナ。モウコレ、飛ベヘンノトチャウカ？」

……？　ん？　関西弁……？　さらにこの体は……？

「ペンギンじゃん」

ペンギンじゃん。水色の。しかもアデリーペンギンじゃん。

みんな、アデリーペンギンって知ってる？

日本人がすぐに思い浮かべるペンギンは、皇帝ペンギンとかイワトビペンギンとかだと

思うんだよね。かわいいしかっこいい。

でも、アデリーペンギンはね……なんていうかこう……ぼんやりとしている。ペンギンなのに猫背。そして、目に光がない。目の周りが白く隈取られているんだけど、それがまた間が抜けた感じを増しているんだよね……。

美しかったアイスフェニックスは、そんな水色のペンギンになっていた。

ぽちゃぽちゃ～と鳴く、有名水色ペンギンのかわいらしさからは程遠い。

なぜ。私は「かわいくなぁれ！」と言ったのに。「ぼんやりになれぇ！」とは言っていないのに。なぜ。まあ、とりあえず……。

「南極へお帰り……」

異世界に南極はないだろうが、ここより寒い場所はあるはず。そこへお帰り……。雪が止み、晴れてきたこの場所では暮らしにくいだろうしね……。

ペンギン（アイスフェニックス）の隣へ屈み、そっと背中を押す。

すると、ペンギン（アイスフェニックス）は、首（だと思われる部位）を左右に勢いよく振った。

「イヤイヤ、アリエヘンヤロ！　コンナ体ニシトイテ、メッチャ酷イコト言ウヤン！　ダイタイ『ナンキョク』ッテドコヤネン！」

「すごいしゃべるペンギン……」

レジェドやシルフェに比べて、とてもよくしゃべる。二人が片言なのに対して、すごくネイティブに関西弁。

「アイツラガイインヤッタラ、ワイカテエエヤン！　一緒ニオラシテヤ！」

「うーん……」

どうかなぁ……。一緒にいれる？　ペンギンと？　うーん……。

「南極へお帰り……」

「ダカラ、『ナンキョク』ッテドコヤネン！」

「君が帰るところだよ……」

「知ランワ！　ソンナトコ！」

「住めば都」

「ナンヤソノ、イイ言葉風ノヤツ！」

突っ込みペンギン。ペンギンは一通り突っ込み終わると、じっと私を見上げた。

「ワイヲ見テヤ」

光がなく、瞳孔が開いた金色の円が私を見つめる。

水色の体毛はしっとりとして、全体的に猫背の流線形。その場で足を踏めばぺたぺたと音が鳴った。

「ワイ、コンナ体ニナッタ」

「……うん」

「ワイ、イイコヤデ？」

「……うん」

「一緒ニイタイネン」

「…………」

…………。

「かわいくない!!」

私は目の前の一抱えサイズのペンギンをぎゅっと抱きしめた。

「かわいくない……かわいくない……。なのに、どうして……」

どうしてだろう。胸がむぎゅっとした。かわいくないがゆえの愛しさ？　この胸にあふれる感情は、愛しさ……？

「お腹……低反発クッションなの……？」

パッションのまま、白いお腹に頬を寄せれば、ずむむっと吸収されていく。これはマイクロビーズクッション。このペンギンには内臓ではなく、マイクロビーズが入っている。間違いない。

「気持ちいいね……」

いようじゃないか。一緒に。

「ホンマ失礼ヤケド、マアエエワ！」

ペンギンはそう言って、グゥエグゥエッと笑った。

すると、その途端、わぁあ！　と歓声が響き——

「さすが聖女様だ……！」

「伝説のアイスフェニックスまで、手中に収められた……！」

「救国の聖女様、万歳！」

「「救国の聖女様、万歳!!」」

騎士団のみんな、王宮軍、全員が口々に喝采を送る。その視線の先は——

「私だ……」

ペンギンのお腹に頬を埋める、この私だ。

こんなのが救国の聖女でいいのか？　落ち着け、みんな。よく考えろ。本当にいいのか？　アデリーペンギンに疑問はないのか？　私はある。大いにある。疑問しかない。かわいくないのに愛しいという相反感情。それに揺れ動く私が救国の聖女？　そんな話があるわけがない。

とりあえず、ペンギンを抱えたまま立ち上がる。

すると、ザイラードさんが、私の前に跪いて——

「また、あなたに救われた」

凛々しい。凛々しい騎士のポーズ。

アデリーペンギンを抱えた私にそんなに礼を尽くさなくても……。律儀な人だ……。

「救ったなんてとんでもないです。それよりも雪道で膝をついては汚れてしまうので……」

ペンギンを地面に戻し、ザイラードさんの手を取る。

とりあえず立ち上がってもらわないとね。

そうして、立ち上がってもらうと、より一層、歓声が増した。

まあ、ペンギンを抱く私よりは、ザイラードさんの手を取る私のほうがいいよね。盛り上がる気持ちもわかる。

すると、喜びの声の中に、違う色の声が響いた。

「なんで……！　なんであなたばかり……！」

叫んだのは女子高生。騎士の一人が、女子高生を受け止めてくれ、逃げ出したり暴れたりしないように手を押さえてくれているようだ。

女子高生はキッと私を睨んで――

「私も……私もみんなに拝まれたい……！」

「え、拝まれたい……？」

え、私、今、拝まれてたのか……？　喝采を浴びてはいた。それを拝まれたと言うならば拝まれているのか……？　というか、珍しい願望だな。

「みんなにお賽銭を投げてもらいたい……！」

「お賽銭を……？」

珍しい願望その2。そんな願望ある？　願いは人それぞれだと思うけれど、あんまり聞かない。すくなくとも私は今、初めて聞いた。そして、私はお賽銭を投げられてはいない。

「聖女になれば……聖女になれば、みんなに拝まれて、お賽銭投げてもらえるはずだったのに……！」

そうか……？　聖女ってそういうものか……？　女子高生が言う聖女像。……なんか違うな？　私が言うのもなんだが、そんな聖女いるの？　はて？　と首を傾げる。

すると、女子高生は感極まったのか、ヒックヒックと肩を揺らした。

手を押さえていた騎士も、女子高生の変化に困惑顔で……。

「この世界ならうまくいくと思ったのに……っ。どこに行っても私はっ……」

そこまで言うと、女子高生はわぁぁぁん！　と、声を上げて泣き始めた。大粒の涙がぽろぽろとこぼれていく。美人な女子高生が、大声で泣く姿はとてもかわいそうで――

「だ、大丈夫⁉」

除雪した道を慌てて駆け戻る。ハンカチっ、ハンカチあったかな⁉　走りながら、ポケットを探るが、防寒着を着ていたため、あいにくハンカチはすぐに出そうにない。

女子高生の許までやってきた私は、しかたがないから、防寒着の袖口をそっと当てた。

手を押さえていた騎士も、私たちのやりとりを見て、手を放す。

「落ち着いてっ、えっと、とりあえず、バイタリティがあるところは良かったと思う！」

異世界に来てすぐに聖女だ！　と名乗ったり、祈ってみたり、王宮に行ってみたり。

「私にはないバイタリティがあった！　若さとやる気があった！　すごい！」

とりあえず、思いついたことを褒めてみる。

女子高生はそんな私を涙にぬれた目のまま見上げた。うん。美少女。

「つやつやの黒髪とうるうるの黒目。百点満点！」

圧倒的優勝。私の語彙力満点の褒め言葉。女子高生は一瞬泣き止んだ。けれど、またわああん！　と泣き始め――

「バカみたいな褒め方しないで！」

「え、あ、ごめん」

「謝らないで！」

「あ……。え……」

泣きながらも私への文句を忘れない。

難しい……。難しいよ……。若い子の慰め方なんて知らないよ……。なにしても怒られる……。語彙力ダメだったみたいだし……。

戸惑っていると、なぜかぎゅうっと抱きしめられた。

「あなたなんて嫌いなんだから！」

「え、あ……うん」

「嫌いだけど……でも……私は、私がもっと嫌い……っ！」

つやつやの黒髪から、ニュッと三角の耳が出てきた。

え、これ、いわゆるケモミミでは……？　え……？

「私はダメなの……っ！」

そう言うと今度はふかふかのしっぽが……？　ええ……？

「私はどうせ、ダメな狐なの……っ！」

女子高生（？）が、私に抱き着いたまま、わぁあん、わあぁんと泣く。

そして、みるみる姿が変わっていき――

「……人間じゃない、の？」

もしかして。もしかしてもしかして。

私はただ目を白黒させた。


『思い込みが強すぎるんだから……。心配だよ。わたしゃあ……』

大好きなおばあちゃんの声がする。

でも、大丈夫。私ならできると思う。

『ごめんねぇ……。こんな役目を背負わせて』

おばあちゃんの声が小さくなっていく。

謝らないで欲しい。大丈夫。私ならできるから。

『できないと思ったら役目を降りていいからね。絶対だよ。……いいね？』

おばあちゃんは最期（さいご）にそう言うと、きらきらと光になって消えていった。最期まで、ずっと私を心配して……。

大好きなおばあちゃん。凛（りん）とした背中と優しいしわがれた声。私のわがままを『しかたないねぇ』と笑ってくれるのが大好きだった。

あの笑い声はもう聞けない。

でも、大丈夫。私ならできる。一人でおばあちゃんの守ってきたものを引き継（つ）ぐのだ。

「お社を……守るの」

大好きなおばあちゃんとの思い出を……。おばあちゃんの守っていた社がある村。

昔はたくさんの人が住んでいたらしいけれど、私が生まれたときには老夫婦が一組いるだけだった。

その一組の夫婦は信心深くて、一週間に一度は山道を登って、お社の掃除（そうじ）をしてくれた。

お供え物は、真空パックされたお饅頭と、カップ入りの日本酒。

このあたりは鹿やイノシシがいるから、悪さをされないようにって、匂いが出ず日持ちがするものを選んでくれていたようだ。

おばあちゃんはそれをうれしそうに見ていて、もう眠ってしまったという土地神様に思いを馳せていた。

――おばあちゃんは、土地神様の使いだった。

土地神様はそこに住む人々が信仰してくれることで、力を得て、存在することができる。

もう人のいなくなったこの村では力を保てず、守ることを続けるため、土地神様は一足先に眠りについたらしい。

おばあちゃんは一人残り、この村と一緒にいることにしたのだと教えてくれた。

けれど、おばあちゃんの寿命と老夫婦の寿命とでは、老夫婦のほうが長い。そうなると、老夫婦の今後が危うくなる。

土地神様も眠り、神様の使いもいなくなれば、土地が荒れるからだ。

おばあちゃんはそれもしかたなし、と思っていたようだった。

けれど、私はおばあちゃんが大事にしていたこの村を、そんな風にはしたくなかった。

ずっと私たちへの信仰を忘れなかった老夫婦の晩年が苦しいものになるのもいやだった。

——だから、私が役目を引き継いだ。

それに、私はもしかしたら、と思っていたのだ。

だって、老夫婦が最後だなんて限らない。また、人が住んでくれる可能性だってある。おばあちゃんは知らないだろうけど、最近では田舎でのスローライフが流行っているし、IターンやUターンといった、都会から田舎への移住も進んでいる。うちの村が管轄の役場にもそういう制度があることは確認した。

ここはいい土地なのだ。

たしかに交通の便は良くないし、道も狭い。鹿も出るしイノシシもいる。病院も車で45分のところに総合病院の小さな分院があるだけで、一週間に二日しか医師はいない。でも、スマホの電波は届くようになったし、私道が長いからお金はかかるだろうけれど、インターネットの配線もできるのだ。

だから、大丈夫。きっと私はできる。

私ははりきって、たくさん動いた。

鹿やイノシシを集めて、畑の作物を食べないように説得したし、人間に化けては役場へ行き、引っ越してくる人がいないか確認した。

……でも。

──おばあちゃんが消えてから、四ヶ月後。老夫婦の夫が亡くなった。

葬儀には息子夫婦や娘夫婦が来て、老夫婦の妻といろいろと話をしていたようだ。

私はまたはりきった。

息子夫婦や娘夫婦がこの土地を知ってくれれば、もしかしたら一緒に住んでくれるかもしれないと思ったのだ。

人間が食べられる木の実をこっそりと置いてみたり、鹿やイノシシにお願いして、できるだけ見た目のいいヤツを目撃できるようにしたり。

今、流行りのUターン移住だ。きっとしてもらえる。

私はわくわくして……。でも……。

──おばあちゃんが消えてから、一年後。老夫婦の妻は村から出ていった。

遠くの町にある高齢者用のマンションに引っ越すことになったらしい。

病院も近いし、買い物も徒歩でできる。コンシェルジュ？　がいて、ちょっとしたお願いごとならできるし、健康チェックには介護スタッフが声をかけてくれるんだって。

人間に化けて手に入れたのはそんな情報。

「だれも……いなくなった……」

私ならできるって思ったのに。なにもできなかった。

やらなきゃいけなかったのに。私がやらなきゃ……。

「消えちゃうのに……」

おばあちゃんの守った社。土地神様の守った土地。楽しかった思い出も、苦労した記憶も。全部全部、なくなっちゃうのに。私がやらなきゃいけなかったのに。

「私はダメな狐……」

たくさんの人が参拝して、お賽銭を投げてくれる。そんな社にしたかった。

たくさんの人が笑顔で暮らして、盛大な祭りをしてくれる。そんな村にしたかった。

「……なにもできなかった」

老夫婦の妻は手荷物を四つぐらい持って、タクシーに乗って出ていった。

私は人間に化けて、そのタクシーを村の出口まで見送る。

小さくなっていく車体を最後まで見つめて……ぺたりと座り込んだ。

すると、体がゆっくりと消えていって——

「私も消えるんだ……」

最後の村人が出ていったから。

もうここに土地神様はいない。だから神の使いの私もいなくなる。

おばあちゃんはそうなることがわかっていて、私にもそう伝えていた。

『最後は神様の使いをやめるんだよ。お前は若いんだからね？　いいね？　お前は立派な狐だから、ほかの神様の使いにもなれる。頼むよ。絶対だからね。いいね？』

何度も何度も念押しされた。
私はそれに「わかってるよ」って返した。でも……。
「どうせ……私は……」
ダメな狐だから。ほかの神様の使いになったって、どうせ……。
だから、このまま消えてもしかたないって思った。
でも、そこで、すごくすごく強い光がこちらへ向かってきて――
『こんなところでどうしたんだい？　消えかけてるじゃないか』
そう言って、私に声をかける神様が現れたのだ。
土地神様なんてものじゃない。
あまりの力の強さに、消えかけていたはずの体が思い出したようにガタガタと震える。
『どうかなぁ。まあいいか。ものはついでだね』
そう言って、私を連れて行ってしまった。
行先は異世界。
魔物と呼ばれる力のある生き物がいて、それが私と同じようなものだと思ったらしい。
『この世界のほうが生きやすいんじゃないかな』
私はそうして、異世界にやってきた。
まだ事情が呑み込めなくて、呆然としていると、突然声をかけられたのだ。

「あなたが救国の聖女か！」

と。

「なるほど……」

私の部屋に移動した私たちは、女子高生（？）の身の上話を聞いていた。

ソファに座る私の右肩にドラゴン。そして、両サイドに白いポメラニアンと水色のペンギン。膝にいるのは黒い狐。そう。この黒い狐が女子高生なんだよね……。

耳としっぽが生えたあと、あれよあれよと、ここまで変化してしまったのだ。

サイズ的には柴犬ぐらい？　犬より耳が大きくて、しっぽが円錐形なのが違いかな。

私に「嫌い！」と言っていたが、なぜかそのまま離れず、膝の上で丸くなっている。

ザイラードさんは、女子高生が狐に変化したことで騒然となった騎士たちを鎮めているため、部屋にはいない。

とりあえず、黒い狐（元女子高生）の話をまとめると、こうだ。
・女子高生は女子高生ではなく、狐
・過疎化が進む田舎のお稲荷様

・神様の使いとして、祖母から役目を引き継いだ
・しかし、思っていたよりも早く村人がいなくなってしまった
・役目がなくなり、消えかかっていたところを拾われた
・異世界へ
・で、最初に会ったのが第一王子だった

うまくいかなかった日本でのことがあり、異世界ではりきってしまったのだろう。

とりあえず、テンションが私と全然違う。

過疎化とか消える村とかUターンIターン、高齢者向け住宅とか、突然の社会派。高低差で耳がキーンとなるから、耳抜きが必要。さらに……。

「胸がぎゅっとなる……」

ほにゃ、お前だったのか、感。

いろいろと行動したのに、最後には撃たれてしまうあの狐。あの感触がする。

玄関に木の実を置いたり、動物たちに畑の作物を荒らさないようにお願いしたり。そんなことをしちゃう、人間に優しい狐は、もはや、ほにゃである。ほにゃ、お前だったのか、である。日本人が幼少期に刷り込まれる教育プログラムのトラウマ第一位。

「がんばったんだねぇ……」

非常にふかふかな毛皮をそっと撫でる。

おばあちゃんと孫。がんばる狐。私の心に沁みる。ぺろ、これは日本昔話の味。

黒い狐（元女子高生）はそんな私の手を甘んじて受けながら、話を続けた。

「『聖女ってなに？』って聞いたの。そうしたら『みなから尊敬され、崇められるすばらしい女性だ』って言われて」

「うん」

「それになるしかないと思ったの」

……そうかぁ。そうかぁ……。思っちゃったかぁ……。思っちゃったんだねぇ……。

回想で出てきたおばあちゃんが一発目で『思い込みが強すぎる』って言ってるからなぁ……。おばあちゃんの心配が的中しちゃったんだね。

さすがおばあちゃん。先見の明。

「祈ってたのはどうして？」

「王子に言われたの。魔物を浄化しろって。わからなかったけど、とりあえずお願いしてみようって」

「お願い？」

あれはお祈りではなく、お願い。いや、祈りとはお願いのことと言ってもいいような気がするから、間違ってはない……？

「……友達になってって」

「友達に……」

「……おばあちゃんいなくなって、一人だったから」

そこまで聞いた私は、くぅと声を出し、片手で目を押さえた。沁みるのよ、私の心に。

「三人はそのお願い、聞こえたの？」

レジェドとシルフェは女子高生（狐）の願いをまったく聞いていなかった。祈りのポーズをして、心でお願いするだけではダメだったのだろうか。

私の素朴な質問に、シルフェとレジェドと水色のペンギンはいやそうな声を出した。

「キコエタ。イラットシタ」

「キコエタヨ。ムカットシタ」

「聞コエタノハ聞コエタワ。アリエヘン」

……大不評。

「オレノホウガ、ツヨイ。ヨワイヤツノ言葉、イラットシタ」

「ボクノホウガ、ツヨイ。ムカットシタ」

「ワイノガ強イノニ、失礼ナ嬢チャンヤデ」

三人とも表情が険しい。どうやら、魔物の世界ではありえないことのようだ。

「強いとか弱いとかわからないわよ！」

黒い狐はそう言うと、私の膝の上に立ち、その場でくるりと回転して、頭を私のお腹へとぎゅっと押し付けた。もう、見たくない！　知らない！　みたいな様子である。

「セヤカラ、ソウイウトコヤデ」

そして、水色のペンギンがやれやれと息を吐いた。

うーん……なんていうかこう、コミュニケーション能力の不足によるすれ違いって感じだなぁ……。難しいよね、コミュニケーション。私もいつも失敗する。めんどくさいから笑ってごまかしちゃうしな……。

人のことを言えない自分のコミュ能力に、胸がうっとなる。

すると、扉がコンコンとノックされた。

「ザイラードだ。話がある」

「はい、どうぞ」

どうやら騎士たちとの話は終わったようだ。

まあ上司にしたい男Ｎｏ．１のザイラードさんならば、うまく収めてくれただろう。

そう思っていたんだけど、ザイラードさんの表情はやけに真剣で――

「今、どういう状況だろうか？」

「あー、えっと、話を聞いていました。で、どうやら彼女は、元は狐で神様の使いだったようです」

「神の使い？」

「はい。私のいた世界ではそういう言い伝え？　みたいなのがありまして、まあ、もしかしたらそういうこともあるのかもしれないな、と納得はしました」

「そうか」

「神様の使いとしての役目があり、そのための力もあります。人間に化けることができて、こちらの世界に来たときからずっと人間に化けていたようです」

そこまで言うと、ザイラードさんは詰めていた息を吐いた。そして、私の前に跪く。

「つまり、あなたが少女を狐に変えたわけではないということだな？」

「え、はい、もちろん」

ザイラードさんの言葉に当たり前だと頷く。いったいなんの話？

「……俺はてっきり、ついに人間を動物や魔物にする能力も目覚めたのかと」

「いやいやいやいやいや！　すごい怖いじゃないですか、それ！」

「ちょうど手をかざしたところだったしな」

「いやいやいやいや！　手をかざしたのではなく、涙を拭きとったんですけど……？」

ザイラードさんの言葉に驚き、必死で否定をする。

あれ？　おかしくない？　あれ？　もしかして、周りからはそう見えてたの？　私がなんかすごい力で、女子高生を狐に変えてしまったと思われてるの？

待て待て待て。思い出してみよう。私の行動を振り返ってみて！

①　口からブレスを吐いて除雪
②　手で空気を圧縮し、女子高生の体を吹き飛ばす
③　近づいて涙を拭いた途端に、女子高生から耳としっぽが生える

よし、なるほど！

「たしかにやってもおかしくない風情」

風情があったわ……。

呆然と呟くと、ザイラードさんは真剣な瞳で私を見上げた。

「……今、あなたの力を恐れた第一王子が王宮へと帰り、喧伝している」

強い色の瞳は、それが良くないことだと告げていて……。

「『あれは聖女ではない、魔女だ』と」

「聖女じゃなくて魔女……」

ザイラードさんの目を見返す。そして、パチパチと二回、瞬きをした。

「違いあります……？」

魔女とは。それって聖女とは違うの……？

ザイラードさんは真剣だが、私には聖女と魔女の違いがピンと来ない。

「えっと、聖女は力のある女性でしたよね」

「ああ」

「それならば魔女というのは？」

私はザイラードさんに「聖女」と言われ、そんな人柄ではない、と答えた。

すると、ザイラードさんは人柄ではなく、力のある女性はみな聖女なのだ、と教えてくれたのだ。ならば、私がそう呼ばれるのも問題ないのかな？　と思っていた。

「私のイメージでは、魔女というのは魔法が使える女性という感じなのですが……」

王宮軍に魔法騎士がいたよね。あれの女性であれば魔女ではないのだろうか？

はて？　と首を傾げると、ザイラードさんは小さく息を吐き、私をじっと見上げた。

「俺はたしかにそう説明した。性格は関係ない。力のある女性が聖女と呼ばれる、と。

……だが、その力を悪に使う者。それを魔女と呼ぶ」

「なるほど……」

狩られる感じのほうだね。中世のあの感じね。

「力がある女性を聖女。その力を悪に使えば魔女と呼ばれる。……で、やっぱりそうなると、排除される感じですか？」

「……ああ。良くて国外追放。普通ならば塔などへの幽閉。——最悪ならば死だ」

「ほほぅ……」

死かぁ。異世界でハッピーライフいえーいって生きたい私の希望と大幅なズレを感じる。

楽しい暮らし、なんですぐ死んでしまうん……？

「第一王子の主張はこうだ。『異世界から来た二人。一人は聖女だったが、もう一人は魔女だった。正確に言えば二人とも聖女であったが、騎士団に残ったほうの聖女は王宮へと連れられた聖女を恨み、聖女を動物へと変えてしまった。力を悪へと使う魔女になったのだ』と」

「わぁ……そんな物語ありそうですね……」

ありそうな復讐劇……。童話にありそう……。

だが、惜しむらくは実際の登場人物。復讐されるほうがこの子で、復讐するのが私だった点だよね。

復讐されるのが狐なのはもちろんだが、復讐するのが私というのがな……。復讐より寝ていたい。そんな復讐者では劇にならないよね……。

人を恨むのはパワーがいる。そして私にはパワーがない。全然ない。疲れた。明るくハッピーに生きていく以外に無駄な力を使いたくないんだよなぁ……。

思わず、ふぅとため息を吐く。

すると、膝で丸まっていた黒い狐（元女子高生）がすくっと立ち上がった。

「私が行って、説明するわ！」

その目は必死でザイラードさんを見ている。

「私はそもそも狐で人間のフリをしていた。みんなを騙していたのは私で……この人は悪くないって！　だから、大丈夫でしょ？　ねぇっ!?」

「……そうだな」

黒い狐の悲痛な声にザイラードさんは落ち着いて返した。でも、その声音はいつもと違っていて……。

だから——わかってしまった。きっと、それを説明すると……。

「……ザイラードさん。もし、この子が説明したら、この子はどうなりますか？」

膝の上で立ち上がった狐をそっと抱き寄せる。

ザイラードさんは私から目を逸らさず、静かに告げた。

「人に化け、第一王子を騙した魔物だと認識されるだろう。そうなれば国としては、その狐を倒すために軍を向けることになると考えられる」

「……っ」

狐の体がブルブルと震え始めたのがわかる。

それでも、琥珀色の瞳はキッとザイラードさんを睨んだ。

「べつに国が敵になるぐらい怖くないわ！　私は消えるはずだったの。たまたまここに来ただけで、どこで消えようと関係ない！　それに私なら逃げ切れる、きっと……。私ならっ！　私ならできるっ!!」

必死な瞳と必死な声。震える体で、黒い狐はそう言い切った。

……そうか。そうだったんだね。きっと、この子は日本でも……。

「……ずっとそうやって、『私なら大丈夫』って戦ってきたんだね」

狐のおばあちゃんは、この子を「思い込みが強すぎる」って言ってた。私もさっきまではそうなんだろうって思ってた。

でも……。こんなに必死に。こんなに震える体で。

「ずっと……大変なことばっかりだったから。自分を鼓舞して、がんばるしかなかったんだね」

もうすぐ亡くなりそうなおばあちゃんのそばにずっといて、その死を見届けて。終わるってわかってる役目を引き受けて。助けてって言える相手もいなくて……。

それでも、自分が諦めたら、それで終わりだから。終わりたくないなら、がんばるしかなかったんだよね。……自分を騙してでも。

「やるしかないときってあるよね」

しんどいし、疲れるし、逃げたいし、やめたいけど。自分が一番、『大丈夫』なんて思えなくても。それでも……。

「……一人じゃないよ」

私はそう言って、そっと狐の頭を撫でた。

「がんばるしかないとき。がんばったあなたがとってもすごかったこと。私はわかるよ」

震えていた狐の体。その震えがすこしずつ消えていき——

「……どれぐらいがんばったとか、どれぐらいしんどかったとか。そういう具体的なことはわからないんだけどね」

感じ方は人それぞれだから。それを全部わかるわけじゃない。だから、わかるのは、ほんのちょっとだけ。

「すごかった。ここまで本当にすごかったよ」

よしよしとさっきよりは強く、乱暴に撫でる。

気づけば、狐の体の震えは完全に止まっていた。そして、フンッと鼻を鳴らす。

「なにその、バカみたいな褒め方！」

「あ……あー、えっと……」

怒られて、思わず謝りそうになる。けれど、ついさっきのやりとりを思い出し、謝るのはやめた。謝っちゃダメなんだよね？

思わず手が止まる。すると、その手にグイグイとおでこを擦り付けてきて……。

「撫でて！」

「え？」

「撫でて!!」

「あ。はい」

慌(あわ)てて、撫でるのを再開する。狐は気持ちよさそうだ。

すると、それを見ていたザイラードさんがぼそりと呟(つぶや)いた。

「……あなたのことがより深くわかった」

「え？」

「いや、こちらの話だ」

そう言うとザイラードさんは私を見上げて、ふっと笑う。

金色の髪(かみ)が揺(ゆ)れ、エメラルドグリーンの瞳(ひとみ)が細くなって……。その笑顔はどこかまぶしそう。でも、窓際でもないし、とくに強い光もないんだけどな？

はて、と首を傾げながらも、狐を撫でる。ひとしきり撫でると、狐はぽそりと呟いた。

「……私が行くから」

小さい声。でも、もう体は震えていない。

「あなたが酷(ひど)い目にあうぐらいなら、私が行くから」

それは落ち着いた声だった。

あー……もう！

ふかふかの体をぎゅっと抱きしめる。

「かわいいね……かわいいね……」

心がむぎゅぅっとなるんだよ……。

「一人じゃないって言ったよ？　なにかいい方法がないか、一緒に考えよう」

私も、この子も。両方が楽しく生きていける方法。

で、こんなとき、どうしても頼ってしまう人がいるんだけども。私一人ではなんにも考え付かないからね！

「ザイラードさん。一緒に考えてもらってもいいですか？」

「ああ、もちろんだ」

お願いしますと頭を下げると、ザイラードさんが「任せろ」と頷いてくれる。

うう っ……いつも、頼りがいＮｏ．１。拝みたくなる人Ｎｏ．１！

「とにかく、この子が一人で説明に行くのはなしでお願いします。でも、第一王子を放っておけばいいってわけではないんですよね？」

「ああ。第一王子が周りをかき回して、問題を大きくするのは常だ。王宮でも第一王子の言をすべて信じている者はいないし、俺がきちんと報告すれば問題ないだろうとは思う。だが、一つだけ懸念があってな」

「それは？」

「その狐だ。王宮にいた間、聖女として成果をあげたわけではないし、派閥が大きくなった様子もない。だが、聖女なのではないか？　と信じた者がいたのも事実なんだ」

「ああー……。たしか、容姿がいいからでしたっけ」

そのことは最初にザイラードさんが説明してくれていた。

第一王子と第二王子が王太子争いをしていたこと。そのために第一王子は聖女を自分の手元に置きたかったこと。

普通なら第一王子が王太子候補として力を得ることは難しいが、第一王子と女子高生の見目がいいため、二人揃っていると違う風が吹きそうなんだっけ。

「どうしてもな。聖女であれば見目がいいという話はないはずなのだが、信奉のようなものがあるのだろう」

「まあ、そうですよね」

「見目のいい聖女が王宮へ帰ってこない。それはやはり、魔女のせいか？　とな」

狐が化けた女子高生は本当にかわいかった。絶対に聖女だって思ったもんな。祈る姿も宗教画みたいだったし。

「第一王子はついでにこうも言っている。『魔女は地味で平凡な女だったから、自分たちをそういう面でも羨んだのだ』と」

「なるほどー……」

見目がいいから、王太子にすこしだけ近づいた、第一王子と女子高生の聖女。それを羨む地味で平凡な魔女の私。

そういう対立があったんだねぇ……。ないけど。

「まあ、実際に地味で平凡だからそれに関しては、払拭が難しいってことですね」

私の姿を見て「あーこいつなら美人に嫉妬しそう」と思ったら、第一王子の言うことを信じる人が出ちゃうもんね。

うんうん、と頷くと、ザイラードさんがなぜか驚いた顔をして――

「俺はあなたを地味で平凡などと、一度も思ったことがない」

「え？」

驚いたザイラードさんに私が驚く。

すると、ザイラードさんは悪い顔で笑った。

「俺は第一王子がその話をしていると聞き、急いでここへ来たんだ。その言葉が自分の首を絞めるとわかっていないな、と」

「ほう……？」

ちょっとよくわからない。

ので、首を傾げると、ザイラードさんは私に向かって、手を差し出した。

「全員で王宮へ乗り込もう」

「王宮。つまり本拠地ですね」

「ああ。相手の陣地へな。そして、相手が優っていると思っている分野で、正々堂々、殴ってやるんだ」

「相手が優っていると思っている分野……」

どの分野だ？　容姿ってこと？

わからない。わからないけれど、勝ちを確信しているらしいザイラードさんは悪い笑顔のまま私を誘う。

「お手をどうぞ、レディ」

第四話 ◆ 救国の聖女の殴り込み

正直に言おう。

――すごくときめいた。

いや、でもこれはしかたがないのだ。なぜならザイラードさんはとてもかっこいい。

イケメンなのはもちろん、安心感や頼りがい、この人と一緒なら大丈夫だ感が圧倒的なのだ。

そんな陽だまりのような人がさ、悪い顔で誘ってきたら……そりゃときめく。

だから、差し出された手に、思わず手を乗せてしまったことに罪はないだろう。正気じゃなく、なんかこう、気づいたらふらふらっと体が動いていた。

そして、今、私がどこにいるかというと――

「離宮……」

――すごく豪華な宮殿？　にいます。

手を取られ、転移魔法陣と呼ばれるもので移動し、気づいたらここにいたのだ。

最初は王宮かと思ったが（王宮に乗り込むと言っていたし）、王宮ではないらしい。

この国の中心は王都。そこに王族が住む区域がある。現国王は王宮に住み、それ以外の王族は区域内に建った離宮で暮らすことが多いのだと説明された。

で、いくつかあるうちの離宮の一つに私はいるわけですね。そして、ザイラードさんは私を離宮に連れてきて、違和感なく離宮の主として振る舞っていた。つまり――

「ザイラードさん……王族なんですね……」

「ああ。現国王の弟だ」

「王弟殿下じゃないですか……」

「まあそうなる。といっても、王位継承権は早々に放棄して騎士団に入ったから、王族としての振る舞いは忘れてしまったな」

――そう言って、ははっと爽やかに笑った。

金色の髪とエメラルドグリーンの瞳がきれいですね。うん。これは王子様だ……。

離宮の一室に案内され、出されたお茶を飲む。

魔物たちは各々が好きな場所でくつろいでいて、順応性が高い。私はソファに座り、話をしているが、いまだに不思議な心地だ。

「第一王子は甥にあたるんだが、これまではほとんど交流がなくてな。騎士団で忙しくしているうちに、気づけばこんなことになってしまっていた。あなたにも迷惑をかけた」

「いやいやいや、それはザイラードさんに謝ってもらうようなことじゃないので」

知らないうちに身内がどこに出しても恥ずかしい人物（ザイラードさん談）になり、困ったことになっても、ザイラードさんは十分フォローしてくれていると思う。

私を騎士団で保護してくれて、身元引受人になってくれたしね。

「ザイラードさんが身元引受人になってくれたのは、魔物と戦う第七騎士団の団長だからというだけでなく、その地位もあったからなんですね……」

第一王子と第二王子は王位継承をめぐって争っており、魔物から国を救った（つもりはないが）、聖女（まったく似合わないが）の私を手元におきたいと考えていた。

私が女子高生（狐）のようにバイタリティがあって、国のトップに立つ！　みたいな性格であれば、第一王子や第二王子についたほうがいい。

が、私はそれに巻き込まれたくないと言ったので、ザイラードさんが身元引受人になってくれたのだろう。

王位継承権を放棄した王弟であるザイラードさん。王族としての血筋はありながらも、政治とは距離がある。

騎士団でのんびり暮らしたいという私の望みは、ザイラードさんが身元引受人になってくれたことで叶っていたということだ。

「いろいろ気づかずにすみません。改めて、ありがとうございます」

疲れていて考えたくなかったとは言え、もうすこし、ザイラードさんがどうして身元を引き受けてくれたかを聞いたほうがよかったよね……。

ザイラードさんの優しさや気遣いに甘えているだけになるところだった。

「そして、失礼なことばかりしていて、申し訳ないです」

ほんとそれな、私。本当に失礼なんだよな。

最高の上司だぁ！　とか思っている場合ではない。相手は王族。しかもかなり高位。日本人の私でも王弟というのがすごい立場であることはピンと来るからね……。

「それについては俺もあえて伝えなかった。あなたとの関係は騎士団でのものだけでいいと思っていたんだ。だが、やはり、第一王子の妄言を野放しにするのは違うと思ってな」

「なるほど……」

「なので、身分については気にせず、今までのように接してほしい。……まあ、身分ではないものが、あなたに響いてくれるとうれしいとは思うが」

「響く？」

「いや、こちらの話だ」

はて？　と首を傾げると、ザイラードさんはふっと笑った。

「というわけで、この場所や俺についてのことはわかったと思う」

「はい」

「では、またあとで会おう」

「え？」

ザイラードさんは立ち上がって、扉付近に佇んでいた女性たちに声をかける。

人数は四人。どの女性も上品なエプロンドレスを身に着けている。礼儀正しい態度や服装から見て、この離宮に勤めている人たちなんだろうが……。

「楽しみにしている」

ザイラードさんはそう言うと、ぽかんとしている私をソファに置いたまま、扉から出て行ってしまう。

そして、入れ違いのように、女性たちがススッと近寄ってきて――

「あぁ腕が鳴ります。いつ成果を出せるかもわからないまま過ごした月日。それは無駄ではなかった」

「ええ。私たちの研鑽の日々はこのためだったのです」

「はいっ。このままだれの目にも留まることはないと思っていたドレス。ついにっ……」

「失礼します」

眼鏡をかけたまじめそうな女性が私をそっと立たせる。

その手にあるのは……メジャー？

「まずは採寸です」

そして、その眼鏡がきらりと光った。

私は着ていたワンピースをあっという間に脱がされ、いろんなサイズを測られた。

さらに、そのサイズを元に、女性たちはベージュの仮縫いのドレスを持ってきた。それを着せられ、あちこちをマチバリで留めたり、長さを変えたり。

女性たちの目はきらきらと輝いていて、声もウキウキと弾んでいる。あまりにもうれしそうだから、私はなにも言えなかったよね……。されるがまま。借りてきた猫。

「ふぅ……これならば、刺繍部分の変更はせず、背中の身ごろの調整と部分的な裁断とレースの追加で済みそうですね」

「えぇえぇ。腕が鳴りますね。これでこそです」

「はいっ……急な支度。焦る心、時間との闘い、休憩も取れずくたくたになる今日。……私たちが待ち焦がれていたものですねっ！」

「ザイラード様に『どうしてもっと早く伝えてくれないのですか！』と言ってみたかった。ようやく、ようやく言えます」

女性たちはブラックな勤務を待ち望んでいたらしい。私なら絶対にいやだが。

肌触りのいい素材のバスローブを着せられ、私はそっと目を閉じた。

「では、私たちは一度、御前を失礼いたします」

「ではっ！」

仮縫いのドレスと裁縫箱を手に、眼鏡の女性と一番背が低い女性が去っていった。

あれかな……今から、ドレスを直す的な？　そういうことで合ってる？

「あの……結局、私はどうなりますか……？」

王宮へ乗り込むぞ！　離宮だぞ！　採寸だぞ！　という流れにふらふらと乗ってしまったが、私はいったいなにをして……？

「申し訳ありません。細かいことはザイラード様よりお話を聞くのがいいのではないかと考えます。一介の侍女である私たちが説明をするなど恐れ多いことです」

「あ、わかりました。こちらこそすみません」

私の質問に、髪をきっちりと結い上げた女性が目を伏せて答えた。

そうだよね。雰囲気的にザイラードさんが主なわけで、勝手に考えを話したり、説明したりとかはできないよね。うん。ちゃんとしている。

「というわけで、次は湯浴みです」

「湯浴み……？」

髪を結い上げた女性はパッと顔を上げると、私の手を引き、進んでいく。

やはり声が弾んでいるな……。あれだよね？　私がどうなるか教えてくれなかったのは雇用の問題だよね……？　秘密保持の契約を結んでるとかだよね……？　私に有無を言わせないためじゃないよね……？

あれ？　と思い、四人目のおさげの女性を見る。おさげの女性は「腕が鳴る、腕が鳴る」とにこにこ顔だ。

「こちらが湯殿でございます」

「湯殿」

案内された場所は、たしかに風呂場と呼ぶには規模が大きすぎる。ホテルの浴場とかよりも豪華なんじゃないか……。

そして、あれよあれよという間に湯衣を着て、とても広い十畳はありそうな、半身浴タイプの湯船に浸かっていた。こわい。あまりに自然すぎてこわい。そして、気持ちいい。

「あったまる……」

気持ちよくて、もはやなんでもいい気がする。

自分が今、どこにいて、なにをするために来たのか。些事。すべてのことは些事……。

悩みはすべてほわほわと漂う湯気の向こう。

「全身温まったようですので、こちらへ」

「はいぃ……」

体はほかほか、頭はとろとろ。

ぼんやりとしている私を女性がどこかへ案内する。

「ここに横になってください。体のマッサージをさせていただきますね」

「はぃ……」

「どうぞそのままお休みになってください」

「……はぃ」

案内されたのはたぶんベッド……だと思う。エステとかにあるようなやつだと思うけど、あんまりわからない。

そこに横になると、ほわっと温かくて、それがまた眠気を誘う。なんだかいい匂いもするし、ここは天国ではないだろうか。

「足は全体的にもっと細くできるし、バストアップも可能。どこから揉みほぐしましょうか。ああ……腕が鳴る……」

「しっ。まだ眠っておられませんよ」

「え……？　今……？」

なにか関節をポキポキ言わせる音が聞こえたような……？　ここには優しそうな女性しかいないはずなのに……？

まどろんでいた意識がすこしだけ浮上する。

が、そんな私を安心させるように、そっと目に温かい布が掛けられた。

わぁ……ホットアイマスクみたいだ……気持ちいい……。

「申し訳ありません。そのままお休みになってください。タオルは熱くありませんか？」

「はぃ……」

じんわりとした温かさと優しい声に、また意識がうとうとと落ちていく。

そうして、うとうとしているうちにたぶん、女性たちはマッサージをしてくれたのだろう。時折、声をかけられるので、その指示通りに体を動かす。俯せにもなって、しっかり揉まれ、顔にもマッサージをされた。あと顔になにか温かい液体を塗られた、髪にも。たぶんパック的なことをしてくれたようだ。

「——りました。終わりました」

優しい声に導かれ、パチッと目を開く。

どうやら、ここでの作業は終わったようだ。

とてもすばらしい体験だった……高級スパ。そして最高なエステ。ここが天国でした。

「とても気持ちよかったです。ありがとうございました」

そんなすばらしい体験をさせてくれた女性二人にお礼を言って頭を下げる。

腕まくりをしたおさげの女性の髪は最初より乱れていて、全身を使ってマッサージをしてくれたことが一目でわかった。

「すごく体が軽いです。本当にありがとうございます」

「こちらこそ、最高の時間でした」

おさげの女性はそう言うと、やりきった笑顔で頷く。

非常にきらきらしているね……。

「では、足元に気を付けてこちらへ。ドレス、体と準備は進んでおります。時間も押しておりますので、最後の作業へ参りましょう」

髪を結った女性がバスローブを着せてくれ、一緒に元の部屋へと帰る。

そして、私を大きな鏡台の前へと座らせた。

「まずは髪をすこし乾かします。こちらは最後に巻いたあと、結わせてください」

「あ、わかりました……」

なにもわかっていないけれども。

でも、さすがにちょっとわかってきてはいる。

ザイラードさんは容姿で殴ると言っていた。つまり、私はドレスアップをして第一王子を殴りに行くわけである。

不安だ……。女性たちがすごくがんばってくれているのはわかるが、私で大丈夫か？

不安だ……。

窓を見れば、もう夕焼け。もうすこしすれば陽が沈むだろう。

魔物たちはそれぞれの場所でお昼寝をしているようだ。平和。いいね、みんな……かわいいね……。

「では、すこし風が吹きます」

私が癒されていると、髪を結った女性が私の髪に手を触れた。

　すると、温かな風が吹き――

「えっ……すごい……っ」

　――髪がふわっと乾きました。

「えっ、えっ？」

　思わず声が出る。そんな私に髪を結った女性は鏡越しにゆったりと笑った。

「私はすこしだけですが、魔法が使えるのです」

「魔法……。今、魔法で髪を乾かしたんですか？」

「はい。魔法の力は強くないので、このようなことにしか使えないのですが、侍女としては非常に役立つだろう、と思っております」

「わぁ、素敵ですね」

　魔法を仕事に役立てることができるなんて、すごいよね。

　感心して声を出すと、髪を結った女性はきゅっと眉を寄せた。

「……今、初めて、ザイラード様のお連れの方に対して使うことができました。しかもこんなに喜んでいただいて。感無量です」

　そして、じーんと噛みしめている。

「さあ、私の本領発揮はここからです」

　髪を結った女性はそう言うと、ザンザンザンッ！　と手元にたくさんのワゴンを引き寄せた。載っているのは……化粧品？

「お好きな色、使ってみたいもの、ありましたらぜひおっしゃってください。私が必ずや希望に添ってみせます。素材を生かし、お顔を明るく。今、不安なこともあるかと思いますが、私がその不安を払拭いたします」

髪を結った女性が、鏡越しにたくさんの化粧品を持ち、頷く。

これはＢＡさん……。美容アドバイザーさん……。デパートとかにいらっしゃる化粧品のプロ……。

「今回は殴り込みと伺っております」

「あ、はい」

そうですね。楚々とした振る舞いとその言葉が似合ってないから、ちょっとびっくりしてしまったが、そうですね。

「では、テーマを決めさせていただいてもよろしいでしょうか」

「テーマですか？」

「はい。お化粧は毎日同じものをするわけではありません。その日のコンディション、気分、仕事。その中で、一番自信を持てるためにするものだと考えています」

「なるほど」

自分に自信を持つためにするのが、お化粧。素敵な考えだ。

鏡越しに目が合った女性に、「お願いします」と頷く。

すると、女性の目がきらりと光った。

「テーマは――」

そして、いい笑顔。

「――『清楚で可憐。だが目で殺す』にいたしましょう」

さらに、髪を巻き、整えてもらうと――

「目で……」

テーマが強い。思ったより強い。そんな強めなテーマのもと、化粧を施してもらう。

「わぁ……すごい……」

鏡に映った自分を見て、信じられない思いで言葉を呟く。

いやだって、かわいいんだが……。鏡に美人さんが映っているんだが……。

「素材を生かしつつ、それぞれのパーツが魅力的になるようにいたしました。とくに今回のポイントは目。目でございます。チークやルージュは自然な血色に。その分、アイシャドウのグラデーションを何層にも入れ、パールの輝きも足すことで、自然とそこへ視線が集まるようにしております。さらにアイラインは髪色に合わせてダークブラウンを吊り上げるように入れつつ、目尻やアンダーラインはピンクブラウンを足し、きつすぎず女性らしいニュアンスを取り入れました」

「……なるほど」

わからん。

でも、なんかすごいことをしてくれたのは伝わってくる。実際に鏡に映る自分がすばらしいので……。さすがプロ。これがプロの仕事。

鏡越しに尊敬のまなざしで見上げる。すると、鏡に、扉を開けて、ドレスを持って駆け込んでくる、女性三人が映って――

「ま、間に合いましたぁ！」

「お待たせいたしました」

「さあ、ドレスを着ましょう！　腕が鳴ります」

――私はあっという間にドレスを着用していた。

「うぅっ……私たちの夢がようやく……っ」

「よかった……本当に……働いていてよかった……」

「日頃の鍛錬はこのためだった……」

女性たちが感動に身を震わせている。一番背の低い女性は涙さえ流している。

そして、髪をきっちり結った女性が、労うように声を上げた。

「いくらドレスを作ろうとも、着てくれる女性も、披露する夜会もないのなら、と諦めて早十余年……。それならば、たくさんの人の目に入るよう、博物館へ展示されるドレスを目指したこ五年。私たちの努力は無駄ではありませんでした」

「「はいっ！」」

いい返事だな。

「アンティークのすばらしい布地がオークションに出品されると聞いて、ぜひとも購入したいと十枚にわたり、いかにその布地がすばらしいかを書いた嘆願書。ザイラード様はそれに『いいんじゃないか』と一言だけの返答でした。心折れずにオークションで競り勝って、本当に良かった……」

うん。

「隣国にすばらしい金糸と銀糸があると聞き、ぜひとも取り寄せたいと、希少なサンプルを添付し、必死に予算を得ようとした嘆願書。ザイラード様は『予算はあるなら使えばいい』と一言だけの返答でした。煩雑な貿易の手間に負けずに輸入して、本当に良かった……」

うん。

「王妃様がすばらしいマッサージの手技をお持ちの新しい侍女を雇用したとお聞きし、ぜひとも師事したいと、一時、王妃様付きとなることのメリットを綴った嘆願書。ザイラード様は『やりたいならやっていい』と一言だけの返答でした。環境の変化に負けずに修業して、本当に良かった……」

うん。

「質のいいすばらしい宝石が出たと聞き、ぜひとも購入したいと一度に使える予算の上限を特例で引き上げについて相談した嘆願書。『わかった』と一言だけの返答と、後日、特例を認める事務的な書面が届きました。他の離宮の侍女の不審な顔に負けずに購入し、本当に良かった……」

うん。

「みなさんの強い思いが込められたドレスなんですね……。それを私なんかが着てしまい、申し訳ありません……」

たぶん最高級のシルクだと思われる白く輝く布地。光の当たり具合によって表情を変える。金糸と銀糸の繊細な刺繡が施され、刺繡がない場所を探すほうが難しそうだ。

胸元やスカートの部分には小粒だが輝きの強い宝石が縫い付けられ、きらきらと輝いていた。

美しいAラインのシルエットは急ごしらえとは思えないぐらい、私の体形にフィットしている。肩や胸元、袖の部分にはレースが使われ、肌と馴染んでいてとてもきれいだ。

首元には大粒のエメラルドのネックレス。これが予算の上限を引き上げて購入されたヤツかな。さすが、博物館の展示を目指していただけはあるドレスとそれに見合う宝飾品。

私が着ていいのか。単純に。

すごいことになってしまっている現状に引きながら謝ると、女性たちはすぐさま首を横に振った。

「そんな！　私たちは殴り込みという機会に恵まれて幸せです！」

「はい。それに目的が殴り込みというのもすばらしい」

「聖女様の殴り込み。腕が鳴りました」

「ええ。聖女様の殴り込みのお支度ができるなんて、身に余る光栄です」

「……そうですか」

ちょいちょい女性たちから出てくる『殴り込み』の単語が似合わなすぎてあれだが、落胆というわけではないなら、よかった。……よかったのか？

鏡に映る私は、素敵なドレスを纏い、化粧を施した美人さんである。私とは思えないが、これが私なんだな……。

「本当にきれいにしていただいてありがとうございます」

プロの技に脱帽。そして一礼。

すると、コンコンと軽快にノックの音が響いた。

「ザイラードだ。準備ができたと聞いた」

「はい」

たぶんこれで準備完了だろう。

四人の女性たちは私をもう一度見つめ、うっとりとした表情になると、扉まで下がっていった。

それを確認し、ザイラードさんへと声をかける。

「どうぞ」

私の声と同時に、きっちりと髪を結った女性が扉を開ける。

そこからザイラードさんが入ってきて――

「う……わぁ……」

――思わず、声が漏れた。

現れたザイラードさんは、燕尾服と騎士服を混ぜたような、素敵なデザインの正装を纏っていた。白いジャケットには私と同じように金糸と銀糸の刺繍がされている。肩から掛けたマントも白色でちらりと見えるエメラルドグリーンの裏地がとてもオシャレだ。

いつも騎士団で見ている服もすごくかっこよかったが、今の服は正装感が増していて、非常にきらきらしていた。

さらに、正装を着こなすザイラードさんのイケメンぶりがすごい。

金色の髪は右側だけ上げられ、左側は下ろしてある。その対比がセクシーさを増し、見ているだけでドキドキしてしまう。

これはイケメン。これは王子様。いつものザイラードさんはわざとイケメンぶりを抑えていたんじゃないかと感じさせる。まぶしい。いつもより十割まぶしい。十割増しのイケメンとは、つまり特盛イケメン……。イケメンマシマシ。

そんな素敵なザイラードさんが、私を見て、うれしそうに微笑む。

ううっ……心臓が、痛い。

「とてもきれいだ」

「あ、あ、ありがとうございます」

ぐぅって喉が鳴った。でも耐えた。

なぜなら、私は今、プロの手によって作られた存在だからだ。いわば、私は作品である。扉のそばに控える女性たちの作品なのだから、謙遜しては失礼というもの。あと、「あ、あ」しか言えなくなるのもよくない。ので、一度、深呼吸をして、こちらに近づいてきたザイラードさんを見上げる。そして、できるだけ自然に笑って返した。

「ドレスもとてもすばらしいし、化粧もしてもらって……。みなさんの力です」

「ああ、そうだな」

ザイラードさんは頷いて、女性たちへと視線を向けた。

「急なことだったのにすまなかった」

「いえ。こんなに幸せなことはありませんでした。これまでの私たちの嘆願書が無駄では

なかったことが、ようやくわかっていただけたかと」

女性たちの代表としてなのか、髪を結った女性がザイラードさんの言葉に返す。

これはさっき、彼女たちが話していた、ザイラードさんへと送った嘆願書のことだろう。

ザイラードさんの返事、一言だったみたいだしな……。

「悪かった。女性と夜会に出ることに興味を持てなかったし、俺がそうしたいと思える相手もいなかったからな」

「それは十余年間ずっとわかっております。ですので、今日は本当に喜ばしいことです」

「ああ。みなのおかげだ。十数年ぶりに出る夜会が今日でよかった……ありがとう」

ザイラードさんの言葉に、女性たち全員が頭を下げる。

どうやらザイラードさんは夜会に出るのは十数年ぶりらしい……。また一つ、私でよかったのか？　と疑問がわいたが、なんか感動的な感じだし、きっとこれでよかったのだろう。うんうん、と頷くと、ザイラードさんは私に向き直った。

「ところで、さっきのセリフだが」

「セリフ……。ザイラードさんのですか？」

「ああ。俺があなたにきれいだ、と言ったことだ」

「はい。えっと、ドレスとお化粧ですよね？」

それについてはザイラードさんが女性たちにお礼を言って、めでたしめでたしという感じで終わったと思ったが。

はて？　と首を傾げると、ザイラードさんはそっと私の頬に手を当てた。

「とてもきれいだ」

「あ……あ、あの……」

がんばれ。負けるな。やれるぞ私。

「俺がきれいだと言ったのは、あなたに、だ」

「あ、う……」

「ドレスでも化粧でもなく」

「っ、……」

きらきらと輝く金色の髪に、魅惑的に細まるエメラルドグリーンの瞳。触れられた頬の手は大きく優しくて……。

「──あなたはとても美しい」

そして、まっすぐな言葉。

ダメです。やれません。閾値オーバーです。

「あ、あ……」

不可避。これは不可避。「あ、あ」しか言えない。

「あ、あ」しか返せなくなった私に、ザイラードさんは優しく笑った。

「では、行くか」

頬の手が移動し、そのまま私の手を取る。

私は熱くなる頬とうるさい心臓がバレないよう、ぎゅうっとその手に力を入れた。

そうして、ザイラードさんにエスコートされ、馬車へ乗り込む。

どうやら離宮から王宮までは馬車で移動するようだ。

馬車に乗ったのは、ザイラードさん、私。あと、お昼寝から覚めたレジェドにシルフェ、狐（元女子高生）と、水色のペンギン。移動動物園の様相。

私は馬車のベンチシートに座っているんだが、右肩にレジェド、膝の上にシルフェ。私の左側に狐がいて、右側に水色のペンギンがいる。

正面にはザイラードさんが座っていて、馬車の中でもきらきらと輝いていた。

「トール、カオガアカイ。ナンデ？」

「トール、テガアツイヨ。ドウシテ？」

レジェドは私の顔をまじまじと見て。シルフェは私のてのひらにぽちっと鼻を当てて。

いつもと違う私へ疑問を投げる。

なぜかな……。どうしてだろうね……。

「顔が赤いのはお化粧っていうのをしたから。手が熱いのは心が冷たいからだよ」

いいね。わかったね。それだけなんだよ。手が冷たい人は心が温かいっていうから、これはその逆。これが世界の真理なんだよ。

真剣な顔で答える。

するとレジェドとシルフェは不思議そうに首を傾げた。

私はそんな二人に気づかないふりをして、正面を向く。きらきらしたザイラードさんがいて、うっとなったが、いつまでもこうしているわけにはいかない。慣れよう。そう、慣れればいける。

「では、ザイラードさん、これからどういった流れですか？」

できるだけ自然に。意識して声を出してみれば、案外うまくいった。

そんな私の疑問に、ザイラードさんが答える。

「今から行くのは、王宮の夜会だ」

「夜会、ですね」

離宮の建物から外へ出て見えた空には、星が輝いていた。

ドレスアップした格好だし、行くのならば夜会。そうだろう。が、夜会とは？

「そういうのに明るくないんですが、どういうことをする場所ですか？」

「今日は国内の貴族を呼び行う、定例の夜会だ。主催は国王陛下。お互いに挨拶をして親睦を深めたり、功績を上げた者に陛下から褒賞を与えることが目的で行われる。今日は隣国の王族を招待するような盛大なものではないから、あまり緊張する必要はない」

「なるほど……」

全然違うと思うが、聞いた感じ「いつメンによるいつもの場所でのいつものヤツ」と思っていいのだろうか……。『主催が国王陛下』という部分がちょっと私には大きすぎて呑み込めないけれど。

「第一王子はこの夜会であなたについて陛下に訴えるらしい。すでに話は通してあるようだが、夜会でふたたび陛下に直訴することで、周りを味方に引き入れたいのだろう」

「私が魔女だという話ですよね」

「ああ。異世界から来た聖女が魔物に変えられてしまった。もう一人の異世界から来た魔女は討つべしと。その力で第二王子と差をつけようとしていると考えられる」

「どうしても負けたくないってことですかねぇ……」

「……そういうことだろうな」

第一王子は異世界から来た聖女を手元に置いた。そのおかげで、ほぼ消えかけていた王太子への道がわずかに見えたのだろう。
が、女子高生は日本の土地神様の遣いであり、こちらで大きな力があるわけではない。

それに比べて、私は謎の力をたくさん使っており、それをザイラードさんが報告していた。その差に焦って、騎士団をふたたび訪れてみれば、異世界の聖女は狐に変わってしまい、手元からいなくなってしまい……。

王太子になるには聖女が必要。しかし、今更、私を味方にするのはいやだったんだろうなぁ……。私もいやだしな……。

結果、私を魔女ということにして、その対応をすることで、第一王子派を増やし、王太子への道を見続けたいということかな。

「あなたには聖女として出席し、陛下に挨拶をしてほしい。それだけで、第一王子の味方をする人間は消えるだろう」

「……はい」

The不安。すると、水色のペンギンが口を開いて……。

「ナア、ワイモ契約シタインヤケド」

「契約？」

突然の話に、え、と思わず声が出る。

あれか。名前を呼び合って、体が光るやつ。お互いの居場所が分かり（私には魔物の位置はわからないが）、力を渡したり、生命力を渡したりできるという……。

「うーん……」

「イヤ、今更、迷ウコトナイヤロ！　ココマデ来テ、ワイダケ契約シテナイノガオカシイヤン！　ナンカ服ヲ着替エテルカラ空気読ンダンヤデ？」

「空気を読むペンギン」

えらいじゃん。

「ソイツラガイインヤッタラ、ワイカテエエヤン。ソイツラニハナイ、インテリジェンスガアルデ？」

「インテリジェンスのあるペンギン」

すごいじゃん。

「ナンカ、不安ソウヤン？　契約シタラ、ワイノチカラモ渡セルシ、ナ？」

「あ……」

瞳孔の開いた金色の円。私をじっと見上げている。

全然、表情はわからない。わからないけれど……。

「優しい……ぅ……低反発クッション……」

私の不安を考えてくれたらしい水色のペンギンをそっと撫でる。頭、顎の下、お腹と指を進めると、お腹のところでずむっと指が沈んでいった。

私をダメにするクッションじゃん……。

「……もはや、一匹も二匹も変わらないし。それならば三匹でも変わらないか」

契約により力を得た私は、手で空気を圧縮できて、口からブレスを吐ける。もうなんでもいいか。うん。

「いいよ。契約しよう」

「ヨッシャ！」

重要事項説明書を読まない私の安易な承諾。水色のペンギンはうれしそうに目を細めた。

……たぶんね。たぶんうれしそう。瞳孔が開いた金色の円はいまいち感情が読みにくいから。

すると、ザイラードさんが「待ってほしい」と声をかけた。

「『契約』とは、騎士団の訓練場の脇で行った、あの儀式のことだろう？」

「儀式……というとあれですが、はい。名前を呼び合って、体がきらきらーってなるやつだと思います」

「それならば、それを王宮の、みなの前でやるのはどうだろうか？」

「みんなの前で、ですか……」

「ああ。あの場面を見れば、あなたに力があることに納得してもらえる、と」

「なるほど」

魔物と契約をし、体が光る現象。レジェドとシルフェの契約をしたとき、目撃した騎士団の人は、興奮しているようだったなぁ。

たしかに、実際に私の体が光るのを見れば、「力がある」とわかり、つまり「聖女である」と思ってもらえるということか。

ふむふむと頷く。……でもよ？

「このペンギンで大丈夫でしょうか……」

大丈夫？　水色のペンギンで。瞳孔の開いた金色の円の瞳のアデリーペンギンで……？

「失礼ヤナァ」

私の心の底からの心配に、水色のペンギンがやれやれと息を吐く。

「ソンナラ、ワイハ元ノ姿ニ戻ッタラエエカ？」

「えっ戻れるの？」

思ってもみなかった言葉に驚くと、水色のペンギンが自慢げに頷いた。

「ワイ以外モ戻レルハズヤケド、コントロールデキヘンヤロナ。デモ、ワイハデキルデ」

すると、ザイラードさんは「なるほど」と考え込む。

「あなたが小型化した魔物たちはすべて人間に害がなさそうな姿かたちになっている。レジェンドドラゴン、シルバーフェンリル、アイスフェニックスなどの大型で凶暴だと考えられている魔物が、そのような姿になったと説明しても理解はしてもらえないかもしれない。だが、アイスフェニックスが元の姿に戻れるとすれば、あなたが魔物を従えたことがわかりやすい」

「そうですね」

「さらに凶暴な姿から愛らしい姿になることで、あなたの力を悪しきものだと考える者はいないだろう」

「たしかに……」

　つまりこうだ。

・アイスフェニックスが私と契約するという絵面のパワー

・ペット化することにより、悪い力には見えなくなる

　このことから『聖女であり、魔女ではない』の図式が証明される！　と。

「じゃあ契約を王宮で行えば、私の魔女疑惑は払拭されるんですね」

「ワイガ役ニ立テルッテコトヤナ。任シトキ」

「うん。そのときによろしくね」

　不安がかなりなくなった。ドレスアップして挨拶すれば大丈夫！　と言われても、やっぱり不安だったしな。

　ザイラードさんの言葉が信じられないわけではなく、私は私を信用できない。挨拶するだけなのに失敗しそうだし。

　すると、左から声がして……。

「私はどうしたらいいの？」

　声を出したのは黒い狐。ふかふかのしっぽを首置きにし、イスの上にくるんと丸まっている。

「私が狐になったのは、この人が私を羨んで、人間から魔物に変えたってことになってる

んでしょ？」

「ああ。みなは半信半疑だろうが、第一王子はそう喧伝している」

「じゃあ、私が全員の前で人間に化けて、それから狐に戻るのを繰り返せば、わかってもらえる？」

人間↔狐。

これを繰り返すってすごいよね……。王宮にいる人たち、衝撃だろうな……。

「そうだな。それをするのもいいが……」

ザイラードさんは狐の言葉に頷きながらも、断言はしない。そして、私にふっと笑いかけた。

「そもそも彼女のこの姿を見れば、羨むことがありえないとわかるだろう」

「まあ……そうね」

狐も納得したらしい。

「陛下に話をすればいいのではないか。第一王子のことは気にせず、自分がどういうもので、どうして王宮にいたか。それを説明すればいいだろう」

「……わかったわ」

狐はそれだけ言うと、ぺたっと耳を横に伏せて目を閉じた。

その様子に、私は胸がすこしざわついて……。

また一人で抱え込んでない？　一人で説明しようって考え込んでいないかな？

「一緒にいるからね。私も一緒に説明できるからね」

そう言って、頭を撫でる。

撫で終われば、伏せていた耳は、また真上に戻った。よしよし。

「やることはだいたいわかりました」
・不思議な力があることの証明
・敵意がないことのアピール
・悪いことに力を使うことはないし、使ったこともないという証明
・第一王子の話は信憑性に欠けるというアピール
こんな感じだろう。が、これをすると……。

「第一王子は、本当に王太子への道がなくなりますね……」

これまで狐を聖女として扱っていたことや、私への態度、聖女に関しての喧伝などをしてしまったことで、より自分の立場を危うくしてしまったことになる。

すると、ザイラードさんは、問題ないと頷いた。

「自分の行ったことに対しての責任を取るだけだ。あなたを貶めてもいいと判断した、本人の愚かさの問題だ」

その声はいつもと違い、鋭く厳しい。

……そうか。ザイラードさん、結構怒ってるんだな、たぶん。

「そもそも存在しなかった王太子への道だ。あなたや狐が来たことで、一瞬の夢を見ただけのこと。本来ならば俺たちだけで処理をしなければならないことに、こうして巻き込んでしまってすまない」

「いえ、そんな、ザイラードさんが謝るようなことでは……」

たしかに私は今、王宮のごたごたに巻き込まれている。

が、きっと、それだけではなくて……。

「私、こうしてドレスを着せてもらって、化粧をしてもらって……。思ったんです」

異世界に転移して。魔物をペット化できて。私は騎士団で楽しく暮らしたいだけ。国王陛下への挨拶とか緊張で胃がぎゅっとするし、みんなの前での力についての説明とか、考えただけでめんどくさいけれども。

「自分に関わることなんで、自分でもやらないと、ですね」

ザイラードさんに身元引受人になってもらって、いろいろとしてもらった。すべて任せているのはすごく楽だ。でも……。

「自分の立場を自分で作ることも必要ですよね」

私自身のことだから。

「機会を作ってもらって、ありがとうございます」

――やるぞ！

「殴り込みです！」

「殴り込みだな」

二人で視線を交わして、笑い合った。

ドレスアップした透とザイラードを乗せた馬車が王宮へと進んでいく。

ザイラードは改めて、透の姿を見つめた。

とても美しいとザイラードは思う。

離宮で燻っていた侍女たちの技術はすばらしいものだった。そして、それだけではない。

ザイラードは透をもともと美しいと感じていたのだ。

しかし、透自身はそう思ってはいないようで、人間に化けた狐と比べられ、バカにされることにまったく頓着していなかった。当たり前だと受け入れて……。

「……はじめから美しかったが」

ザイラードは透に聞こえないように、ひとりごちた。

最初の出会いから命を救ってもらったザイラードの視点で考えれば、贔屓目はあるだろう。だが、ザイラードは最初から美しいと感じていたのだ。そして、その感覚はともに日々を過ごしても変わることはなかった。……むしろ増していく一方だ。

ザイラードは透の明るさや柔軟性、起きた出来事を前向きにとらえていく姿に好感を持っていった。

異世界に来て、たくさんの不思議なことが起こり、悩まないわけではないのだろう。だが、悩むよりもまずは受け入れる。そして、日常を楽しく過ごそうとしている。ザイラードにはそう感じられたのだ。

心地よい時間と笑顔のあふれる場所。そこでは凶暴だったはずの魔物たちも楽しく過ごすことができていた。

女性と過ごすことに魅力を感じなかったザイラードにとっても、透と過ごすことは毎日を明るくした。

最初は命を救われたことに対する恩。そして、第一王子の失礼な振る舞いに対しての贖罪。だが今は……単純に、透とともに過ごしたいとザイラードは願っていた。

それは友人として、というような感情とは違う。

透の一番近くで。その瞳がザイラードを映したときに一番輝くように。

王位継承権の争いから守るための身元引受人であったはずだが、もはやだれにも渡したくない。

それが透に伝わるよう、態度として示し、言葉にして伝えることもしている。だが、透にきちんと届いているのか、ザイラードは自信がなかった。

「まだ……か」

透が自分に対し、いやな感情は持っていないという自信はある。だが、それが恋愛感情かというと違うとも感じていた。透はザイラードのことを恋愛相手ではなく、もっと安心感のある存在として認識している、と。

「……もうすこし」

ザイラードは自分に言い聞かせるように、呟いた。

態度に出し、言葉で伝え続けたことで、すこしずつ透の気持ちが変化していることは感じる。さらに今日は、お互いがいつもと違うことで、特別感が透の心に変化をもたらしつつあるようだった。赤面する透を見て、ザイラードは手ごたえを感じたのだ。

安心感はこれからもずっと与え続けたい。だが、それだけの感情ではなく……。

「……まだだ」

ザイラードは数々の戦場を生き抜いてきた。その勘が告げているのだ。今ではない。焦らず待て、と。今、無理に追いかければ、逃げてしまうだろう。

ザイラードは目の前に座る透へとそっと視線を向けた。

白いドレスは輝き、ところどころに配置されたザイラードの目の色であるエメラルドグリーンが映えている。美しくドレスアップした透は魔物たちを膝に乗せ、ほがらかに笑っていた。そこには最初は敵意を剝きだしにしていたはずの狐もおり、一緒に笑っている。

「そのときが来たら……」

もし、透の目がザイラードを映したときは……。

ザイラードはじっと透を見つめた。

私とザイラードさんを乗せた馬車が王宮へと着いた。

魔物たち（と狐）と一緒に馬車を降りれば、そこは王宮の入り口。

重厚な石造りで、柱一つ一つに装飾が施されていてとてもきれいだ。星空の下、ランプでライトアップされていて、雰囲気も大変すばらしい。

壁から出たポールには国旗らしい、赤と金の布がはためいていた。騎士団にもあったやつだな。

「ザイラードさん、あれがこの国の旗ですか？」

「ああ。中央にはフレアグリフォンが描かれている。フレアグリフォンは建国の際にいた魔物で、初代国王が倒したようだ。言い伝えでは王家には今もグリフォンの影響があるらしい」

「おお……すごい謂れがあるんですね」

王家に魔物の影響が。つまりザイラードさんにもあるということなんだろう。古くから続く家ってそういう謂れがあるから、すごいよね。

ほぅと頷いていると、周りの人がこちらを見ていて――

「まさか……」

「あれが……聖女様……？」

「今日、お会いできるという話は聞いていなかったが……」

彼らが話している内容が耳に入る。どうやら、私を見て驚いているようだ。

……まあ、当然である。

ザイラードさんはきらきらしてかっこいい。そして、なによりも私の周りには魔物たちが寄り添ってくれているからね。

右肩にドラゴン。前方には白いポメラニアンと黒い狐。そして後方に水色のペンギンを連れている女性など滅多にいないだろう。断言できる。

このまま入り口で立ち止まっていてもしかたないので、ザイラードさんにエスコートしてもらい、進んでいく。……それにしても。

「ほかに移動方法ないの？」

「シカタナイヤロ。飛べヘンノヤシ」

振り返って、水色のペンギンへと声をかける。まだアイスフェニックスの姿には戻っていない。先に姿を戻していると逃げ出す人が続出するかもしれないという判断だ。

そして、このペンギン、腹ばいでスーッと滑っているのだ。南極でもないのに、なぜその移動方法がとれるかというと、器用にも進む道を凍らせているらしい。ペンギンの通る道だけスケートリンクになってる……。

「ワイガ通ッタアトハ溶ケテルシ、問題ナイヤロ」

「……うーん。そっか」

じゃあいっか。目立つけども。みんなびっくりしているように思うけども。ペンギンの体で歩くのは大変だし、遅すぎるもんね。

すると、ふふっと隣から笑い声が聞こえて……。

「ザイラードさん？」

「いや、これだけ注目を集めているのに、あなたはいつも通りだなと思ってな」

「あー……。そうですね、視線はたくさん感じています。でも、もうやるしかないって決めたので」

ね。腹を括ったのでね。そして、他人の視線よりもペンギンの移動方法のほうが気になったのでね……。

「頼もしいな」

「いやいや。頼もしいのはザイラードさんのほうですよ。隣にいてくれるので安心です」

エスコートしてくれているのがザイラードさんだから、安心感が違う。

他者の視線に臆することなく、前を向いて、まっすぐ歩いていけばいいと思えるのだ。

「さあ、夜会会場は扉の先の大広間だ。すでにほかの貴族は揃っているだろう。さらに視線を浴びるだろうが……。あなたなら大丈夫だ」

低く落ち着いた優しい声。ザイラードさんがそう言うなら、絶対に大丈夫。よし！

そうして、歩みを進めていくと、待機していた侍従らしき人たちが両開きの扉を開いた。

ここが、夜会の会場。つまり――殴り込み現場である。

すると、途端に部屋の中から大きな声が漏れ出た。

まだ夜会は始まっておらず、到着した貴族たちが談笑している程度のはずだが……。

「だから！　私たちは第七騎士団にいる魔女を倒さなければならない！　異世界から来た二人の女性。どちらも聖女だった……。ただ、地味で平凡な容姿だった騎士団の聖女は、私の許にいた聖女の美貌を羨み、魔物へと変えてしまったのだ！　ザイラードが身元引受人となっているが、ザイラードは粗野な男であり、魔女を止めることをしなかった。このまま野放しにすれば、必ず悪しき力を使うに違いない！」

聞こえてきたこの声。そして、扉の向こうに見えたのは――

「……第一王子」

——大広間の中央に立つ第一王子とそれを囲む人々だ。

大広間はとても広く、天井も三階ぐらいまで吹き抜けなのだろう。豪華なシャンデリアがきらきらと輝いている。

第一王子は大演説を行っていたようで、身振り手振りにも熱が入っている。現在、まさに私の魔女っぷりを喧伝していたのだろう。

そちらに集中している第一王子と周りの人々は、私たちの存在には気づいていない。

私は大きく一度、深呼吸をして、隣にいるザイラードさんと目を合わせた。ザイラードさんのエメラルドグリーンの瞳。それがメラメラと燃えているみたいで……。

「……いきます」

こんな私だが日本で生きて、会社員として過ごしてきた。プレッシャーのかかる場面も何度かあったのだ。うまくいったときもあれば、失敗したときもある。そういうこれまでの経験がちゃんと立ち向かえるように支えてくれていた。

背中を伸ばし、下腹部に力を入れる。肩を下ろして、肩甲骨をきゅっと寄せた。

大声を出すわけじゃない。けれど、しっかりと届くように力を込めて……。

「その魔女とは私のことですか？」

私の声が大広間に響く。

すると、第一王子の言葉にざわついていた人々が、ハッと息を止めた。そして、一斉にこちらに視線を投げる。

あまりの多くの視線に、さすがに一瞬たじろぎそうになった。が、私を支えるように、ザイラードさんがそっと手に力を込めてくれて……。

……うん。大丈夫。

前を向いて、足を出すと、魔物たちもみんなついてくる。第一王子だけを見つめれば、人垣は自然と割れていった。

「な、……っ、ま、さか……お前はあの女かっ⁉ それに、そっちはザイラードか？」

第一王子の目が驚きで見開かれる。ぽかんと開いた唇は戦慄いていた。ちょっと笑える顔である。

これがザイラードさんの言っていた『相手の陣地で、相手が優っていると思っている分野で、正々堂々、殴る』ということだろう。

私の変貌ぶりが信じられないんだろうなぁ。私も信じられないしな。あと、ザイラードさんが夜会に出るのも十数年ぶりらしいし、そっちでも驚いているのかもしれない。

「第一王子殿下、先ほどぶりですね」

『あの女か？』と聞かれたので、『そうですよ』の返事として、微笑みながら言葉をかける。

「地味で平凡な私です」

「粗野な男の俺だ」

私の言葉にザイラードさんも笑顔で乗った。悪い笑顔である。

そして、それにざわついたのは、第一王子ではなく、周りの人々で……。

「このお二人が王弟殿下と聖女様ということか……？」

「王子殿下のお話と印象がまったく違いますわ……」

「人前にお出にならない王弟殿下……こんな素敵なお方だったなんて」

「お二人とも洗練されて、お美しい」

「美貌を羨んで、魔女になったんだったか……？」

「ありえない」

人々の話が一つの方向へと向かっていく。

つまり――第一王子の話に信憑性がない、と。

「っ……だ、騙されるな!!」

人々の話を止めるように、第一王子はより一層大きな声を出した。

そして、私を指差す。

「この女はたしかに今は美しい！　が、そんなのは服装のおかげだ!!」

それはそう！

思わず頷きそうになる。が、それをザイラードさんが制して――

「彼女に失礼なことを言うのはやめて欲しい。女性の美しさに対して、その要因をどうだこうだと言うのは、あまり品がいいと言えないのではないか？」

「なっ……！」

「それに王子殿下はわかっていないようだ」

ザイラードさんはそう言うと、スッと跪いた。私の手を取ったままなので、自然と主に乞う騎士のポーズになる。そして、私をまっすぐに見つめ、ふっと笑った。

「彼女はいつも美しい。そして、その美しさは、内面の輝きである、と」

んんんっ。

胸から、胸からなにか出る。でも、今はダメだってわかる。耐えろ、耐えろ私！　がんばれ私！　ザイラードさんが第一王子を殴ろうとしている。どういう殴り方をしようとしているかちょっとわからないが、とにかく、ここで邪魔をしてはいけない！

変な声を上げそうになるのを寸前で耐える。

すると、ザイラードさんはそのエメラルドグリーンの瞳を輝かせて――

「俺は彼女の虜だからな」

――私の手の甲にリップ音を響かせた。

「きゃあ！」

「まぁ！」

「あらあらあらあらあら！」

これは無理。スッと目から光が消える。起動停止。ブルスク。シャットダウン。

もはや事態を呑み込めない私の耳に女性方の黄色い歓声が入ってくる。

ザイラードさんはその歓声に呑まれることなく、悠然と立ち上がると、そのまま第一王子へと目線を向けた。

その圧に負けたように第一王子はたじたじとうしろへ下がる。が、ザイラードさんはそれを逃がさないとばかりに大股で近づくと、私よりぐいっと前へと進んだ。

そして、周囲の人に聞こえないぐらいの小さな声で囁いて――

「彼女が魔女だなどと妄言を。容姿に自信があるのはいいが、外見だけでは意味がない。人心の掌握ならば俺のほうがうまいな」

くくっと悪い顔で笑う。

この言葉に、第一王子の顔が怒りでカッと真っ赤に染まった。

「ざ、ザイラード……！　みな、騙されるな!!　私が真実を伝えているんだ!!　この女は魔女なんだ!!　放っておくとなにをするか……!!」

第一王子はザイラードさんのそばから逃げるように離れると、懲りずにまた演説を始めようとする。

しかし、それを遮るように、厳かな金管楽器の音が響いた。

その音で、ようやく私の目に光が戻る。再起動よし。

なにごとかとザイラードさんを見上げると、安心させるように頷いてくれた。

「国王陛下の入場の合図だ」

ザイラードさんの声と同時に大広間の奥、一段高くなったところに人影が現れる。

一人は男性で立派な王冠を被り、もう一人は女性で豪奢なティアラを付けていた。

きっと国王と王妃だろう。大広間にいた人たちが一斉に頭を下げ、礼をとっている。

たぶん、私もなにかやるべきなのだろうが、どうすればいいかわからない。知らないよね……国で一番えらい人と会うときの礼儀なんて……。日本でも困るだろうに、ましてここは異世界。異世界の礼儀がわかるはずもなく……。困った。

とりあえず、周りを見ながら姿勢を変えようとすると、ザイラードさんがそっと囁いた。

「あなたはそのままで大丈夫だ」

「そうなんです……？」

「ああ。このあと、挨拶をすることになるが、陛下のほうが礼をとるだろう」

「ええ……？」

すごいことを言われた。こわい。

ザイラードさん自身は、胸に手を置き、斜め下を見て目礼をしている状態だ。

その隣にいる私が本当になにもしなくていいのだろうか……。気になる。ので、私もさりげなく斜め下を見て、目礼しているような感じにした。

「今日はよく来てくれた。日頃の疲れを癒やしてくれ」

国王と王妃は壇上から、挨拶と労いの言葉をかける。

そして、その目がこちらを見たことがわかった。

「今日は珍しい者と、我が国にとって重要な方が来てくれた。――ザイラード」

ザイラードさんの名前が呼ばれる。

きっと、国王の言う『珍しい者』がザイラードさんで、『重要な方』とは私のことだろう。

国王の言葉を受け、ザイラードさんは胸に当てていた手を下ろした。そして、私に目配せ。「行くぞ」と。たぶんそういうことだ。

ザイラードさんのエスコートで国王の前へと進む。すると、国王は王妃の手を取り、壇上を降りた。

あ……これ、本当に、あちらが私に礼をとるやつだ……。

わざわざ壇上から降りるというのはそういうことだろう。緊張でごくりと喉を鳴らす。

お互いに進み、ちょうど壇の前で出会うことになった。

「よく来てくれた。私の名前はヘリッグ・ラルアング＝ベンザーだ」

「私はダリスティア・ラルアングですわ」

まずは国王と王妃が名乗る。異世界的にはどういう意味があるのか全然わからない。背中に冷や汗を流しながら、それに会釈で応える。

すると国王はザイラードさんへと視線を移した。

「ザイラード。人前に出たがらないおまえが、よく来てくれた。紹介をしてくれ」

「第七騎士団に逗留していただいている、異世界から来られた『救国の聖女様』です」

ザイラードさんはそう言うと、私に目配せをくれる。

よし、ここで自己紹介ということだな。

「お初にお目にかかります。名前は葉野　透と申します。紹介していただいたように異世界から参りました。騎士団とザイラードさんにはとてもお世話になっています。礼儀などわからないまま来ていますので、失礼があれば申し訳ありません」

「失礼などとんでもない」

「ええ、とても丁寧な挨拶をいただきました」

私の挨拶を受けて、国王と王妃が柔らかい笑みを浮かべてくれる。

ありがたい……。こんなよくわからない私に対して、本当にありがたい。後光が差しているよね……。

「ザイラードからの報告で、これまでの功績は知っている。もっと早くにお呼びして、礼を尽くさねばならなかった。時間が経ってしまったことを詫びたい」

「いえ、その……。……私も、この世界に来たばかりのときは疲労が溜まっていました。ザイラードさんをはじめ、騎士団の方々や近隣の村の方々に支えていただいたのです。私のほうこそ、こうして……その、覚悟するまで時間がかかって申し訳ないです」

……疲れてたからね。二人の聖女がどうのこうのとか、王位継承争いとか、王宮のなんやかやとか、関わる気力がなかった。

私がやる気になるまでゆっくりと休ませてくれて、いろいろとしてくれたザイラードさんには本当に頭が上がらない。

すると、国王は周りに聞こえないような小さな声で私に囁いた。

「……今日の話だが、ザイラードが急に言い出したんじゃないか？　昔からそういうところがあるんだ」

「そうなんですね」

なんの話かと思ったが、どうやら国王はこっそりとザイラードさんのことを話したかったらしい。これまでのザイラードさんの威厳のある様子から一転、親しみやすさを感じる。

国王はザイラードさんのことをよく知っているようだ。

ザイラードさんは王弟と言っていたから、国王は兄。今の第一王子と第二王子のように王位継承を争っていたはずだが、関係はよかったのかもしれない。

「王位継承もな……。一人で王位継承権の放棄を決めていて、私が気づいたときには、すでに第七騎士団に入団して旅立つところだった……」

「……そうなんですね」

ザイラードさんは王位継承権を早々に放棄したと言っていた。どうやらスピードでケリをつけたという感じのようだな……。今回の私も「殴り込みに行くぞ！」ってなってからすごいスピードだしな……。

「いつも手抜かりなく準備をして、いざとなったらすぐに動く。よく言えば機を逃さない。悪く言えば――」

国王が言葉を続けようとする。が、それにザイラードさんが声を被せた。

「陛下、それは言わなくてよろしいのでは？」

「……ふむ、なるほどな」

国王はザイラードさんを見て、物珍しそうな顔をした。

「いや、そうか。ついにおまえもな。いや、それはよかった」

「その目をやめてください」

「いやいやいや、いいと思うぞ、私は」

「そうですね。これはちょっとおもしろ――いえ、すばらしいことです」

国王と王妃がにんまりと笑う。

ザイラードさんはそれを避けるように、「ほら」と二人を促した。

「先へ進めてください。早く終わらせましょう」

「……まあ、そうだな。そろそろ限界が近そうだ」

国王はそう言うと、また最初のときのように威厳のある表情に戻った。

そして、低く響く声で言葉を紡ぐ。

「村からも騎士団の聖女についての評判が届いている。『騎士団の駐屯地に滞在されている聖女様は村の人々にも分け隔てなく優しく、健気である』と。もっと待遇が改善されないのかという、王家への批判も一緒にな」

もしや、私のことを言ったのはマリーゴさんだろうか……。私を健気というのはマリーゴさんぐらいしか思い当たらない……。お菓子作りを教わったときに誤解を解くのを諦めたしな……。

「私はこれを重く捉えている。魔物の脅威から我が国を救った聖女に対し、王家が礼を欠いているなどあってはならない。国を代表し、国王である私がこの場で感謝を述べたい」

国王の言葉とともに、ザイラードさんが私の手を離す。代わりに国王が私の手を取った。

すると、突然声が響いて――

「っおやめください、父上っ!!」

大きな声を上げたのは――第一王子。

「……どうした、エルグリーグ」

国王は一瞬、つらそうな顔をして……。けれど、すぐに表情を戻した。

国王の言った『エルグリーグ』というのが王子の名前のようだ。

まさに、国王が私に対して礼を言おうとした瞬間だった。このタイミングで声を上げることができるのはすごい。ちょっと待ったぁ！　の達人だ。免許皆伝だ。

王妃様をちらりと見れば、とても悲しそうな表情をしていて……。

あー……そうだよね……。ここは第一王子自身のためにも、黙っていたほうが良かったよね……。私を魔女だと糾弾したいのだとしても、もうこの流れでは無理だと思う。が、国王が礼をとってしまえば、本当に私が救国の聖女ってなっちゃうもんね。

第一王子としてはいつやるの？　今でしょ！　ってなったんだろうな……。

私が振り返ると余計にめんどくさいことになりそうなので、背後からの声には反応せず、前だけを見る。すると、さらに大きな声が響いた。

「この女は魔女なのです!!　父上にも紹介した異世界からの聖女、王宮にいた聖女！　あの聖女をそこにいる黒い狐に変えたのです！」

振り向かなくてもわかる。たぶん、私をビシィッ！　と指差しているに違いない。これまでも何度も指差されたしな……。

過去に思いを馳せる。すると、私のそばにいた狐（元女子高生）が、フンッと鼻を鳴らした。

「私はここよ」

「あ、待っ――」

まずい流れを感じた私は狐を止めようとした。したんだけど、全然間に合わなかった。

私が言葉を言い終わらないうちに、狐の体が不思議なもやに包まれる。

そして、現れたのは――

「なっ……」

――セーラー服の女子高生。

「私は最初からこうなの。べつにこの人のせいで狐になったわけではないし、今、人間の姿になれないわけでもない」

ポンッと音が出て、もやっと白い煙が出る。その瞬間、また狐に。そしてまたポンッと音が出て、もやっと白い煙が出て、現れるのはセーラー服の女子高生。

狐⟷女子高生。

ポンッもやん、ポンッもやん。可変。リズミカル変化。

「あぁ……」

その姿に思わず声が漏れる。

わかってはいた。もしかしたら、こういうことになるのかもなって。

そうしたら本当にやっちゃったよね……。みんなの前でやっちゃったね……。

伝えたつもりだった。国王に説明だけしようねって。変化したり戻ったりはしないでおこうねって。

でも、呼応しちゃったんだろうな……。第一王子とセットだと、狐は暴走気味になっちゃうんだよな……。

「あのお姿は王宮にいらっしゃった聖女様、か？」

「ええ、第一王子殿下が捜し出して、連れてこられたという……。王宮でお見かけしたことがあります」

「第一王子殿下の話では、あちらの聖女様に狐にされた、と」

「これはどういうことでしょう」

「妬んで狐にしたんだったか……。ありえないと思ったが……」

「つまり王宮の聖女様は、そもそも狐に変化できる力を持っていたと？」

「騎士団の聖女様は関係ないということでしょうか」

背後で礼をとっていたであろう人々の声がここまで聞こえてくる。ざわめき、口々に予想を述べている様子から、混乱があるのだろう。当たり前だ。

「これで、あなたが魔女って言われることはないわね」

このざわめきの中、狐は女子高生の姿で、ふふんと胸を張っている。

うんうん。そうだね。気持ちはわかる。私のことを思ってくれたんだろうってわかる。

でも、このざわめきだよね……。貴族大混乱ｉｎ王宮の大広間。

「くっ……つまり、私を騙したということか!!」

ざわめきを気にしないその2。第一王子はそう言うと、女子高生に向かってビシッと指を差した。

「私は狐に騙されたのだ！　異世界から来た人間はどちらも聖女ではない!!　どちらも魔女だ!!」

「ふんっ」

第一王子の言葉に、女子高生は鼻息で返事をした。

「なんだその失礼な態度は！　私がお前を王宮に連れてきてやったんだろう！」

「私は信仰が欲しかっただけ。でも、それはもらえなかった」

「……やはり魔女だ!!　私は騙されてしまったのだ！　許せない！」

言葉の応酬を繰り広げる二人と、ざわつく人々。呼応し呼応され。

さすが。さすがトラブルメーカーの二人。敵にいても、味方にいても。拗らせるのがうまい。二人がいるだけで、事態が拗れに拗れる。二人はモールス信号で言えばツーとトン。呼応しあっちゃう。

というか、第一王子の主張が変わりすぎだ。

1．異世界から来た二人の女性。一人は聖女だが、もう一人は普通の女だから騎士団に置いていく。

2．異世界から来た二人の女性はどっちも聖女だったが、騎士団にいた聖女が妬んで、王宮の聖女を狐にした。騎士団に置いていった女は魔女。

3．異世界から来た二人の女性はどちらも魔女。第一王子は魔女に騙された被害者。

変遷がすごい。よくこれだけコロコロと主張を変えられるよね……。自分が言ってたこと覚えてないのかな……。でも、嘘を言ってるとかじゃなく、本当に今、そう思って言ってるんだろうな……。

眉を顰める。すると、国王が言葉を発した。

「静粛に」

大きな声ではない。だが低く広がるような声は大広間の隅々にまで届いていく。

その途端、ざわついていた人々は口を閉じ、もう一度、礼をとった。

国王はそれを確認すると、第一王子を見つめる。

「エルグリーグ、話はそれだけか？　ならば黙っていろ」

「……っ、しかし、父上」

引かない第一王子。瞬間、国王の目が厳しいものになり——

「――黙れ」

――空気がビリビリと揺れた。

圧力。声の圧力っ。これが国を統べる者なんだな、という迫力がある。

その圧は狐にも届いたようで、ポンッという音と白い煙が立ち、黒い狐の姿へと戻った。しっぽが下がり、お腹に入り込むように丸まっているから怖かったのだろう。

私は緊迫した空気を壊さないように、そっと動き、狐を抱き上げた。

「大丈夫？」

「べつにっ、これぐらい、なんともないんだからね」

小さな声で話しかければ、狐もぼそぼそっと返してくる。体は震えているが、言葉は強気だ。よしよしと頭を撫でれば、震えが治まっていく。

私はそれを確認し、小さくため息を吐いた。

さあ、ここからだ。

落ち着いたのを確認し、国王へと視線を戻す。国王はそれを待っていたようで、頷くと、第一王子を見た。

「エルグリーグ。お前は自分がなにを言っているか、わかっているのか？」

「……はい、父上。私は……騙されたのだ、と……」

「第一王子として適格だと言えるか？」

「……それは……しかし……」

淡々とした国王の問いに、第一王子の語尾はどんどん小さくなっていく。

国王は厳しい視線のまま、ゆっくりと告げた。

「エルグリーグ。――お前の王位継承権を剝奪する」

大広間に響く低い声。

その言葉に貴族たちは息を呑み、第一王子は、はっと息を吐いた。

「なっ……そんなっ……そんな、なぜ、なぜですか……⁉」

「……『なぜか』と聞くような、周りを見る能力のなさだ。自分がなにを行い、それがどのような影響を与えるか。聞いている者がどう感じるか。それを想像し、動く能力が足りていないのだ」

「……っ」

国王は冷静にそう告げた。その目に浮かぶ色はない。

第一王子もそれを感じたのだろう。くぅと喉を鳴らすと、焦ったように声を上げた。

「父上っ！　父上は息子である私になぜそのような酷いことが言えるのですかっ⁉」

それは、家族の情に縋るような言葉。

だからこそだろう。国王はそんな息子をじっと見つめている。そして――

「……王位継承権の剝奪のみではなく、王族としての身分も――」

──『剝奪する』と。

そう続けるつもりだったのだろう。家族の情に縋るのならば、それさえも失くそう、と。

だが、国王がそれを言い終わる前に、私は言葉を発していた。

「──お待ちください」

ちょっと待ったぁ！　である。第一王子が使っていたが、ここで私も使わせてもらう。いつやるの？　今でしょ！　である。

「発言を遮る無礼をお許しください。しかし、説明が足りていないと感じます」

「……説明か？」

「はい。……第一王子だけに責任を被せるには、私も……この狐も、国王陛下への説明を怠っていました。ですので、ここで説明しても構いませんか？」

国王が私を見る。第一王子を見る目は冷静そのものだったが、私を見る目にはこちらを窺うような色があった。「いいのか？」と。

それに頷いて返すと、国王はゆっくりと言葉を紡いだ。

「……あなたの話は我が国にとって、大切なものだ。ぜひ聞きたい」

「はい」

そうして、私はこれまでの流れを話していった。

異世界から来たこと、ここの神と思われるものと夢で対話をしたこと。そして、女子高生は人間ではなく、神の使いであること。であると聞きました。ですので、この狐は聖女とは違うのではないかと思います」

「……そうだったのか」

私の話に国王が頷く。

話に割って入ってきそうな第一王子だが、今はただ俯き、体を小さく震わせていた。

国王から『王族としての身分』という語句が出てからこんな感じなので、さすがに応えたのだろう。話も早く進むし、なにもしないほうが彼自身のためにもなるので、ぜひそのままでいてほしいところだ。

「狐は第一王子と出会い、『私が聖女だ』と主張していました。それは狐が神の使いとして、信仰を集めたかったからです。第一王子が狐を聖女と扱い、王宮へと連れてきたことは、すべてが間違いだったとは思いません」

「聖女ではないが、第一王子の行動は間違いではなかった、と？」

「聖女……ではありませんでしたが、狐が私の世界で神の使いをしていたことは本当であり、こちらの神によってここへ来たのは事実です。それを大切に扱ったことは、神も見ているだろう、と」

「そうか……」

「そして、この狐が『聖女である』と騙ったことも事実です。ただ、狐に悪意や害意はなかったということを、わかっていただければと思います」

つまり、私はこう言いたいのだ。

お互い様だよね、と。お互い様。私の好きな言葉です。

第一王子は聖女だ悪女だーといろいろ言っており、こちらを貶すような内容がある。しかし、狐も自らが聖女であると嘘をついた。

お互いに過失がある。でも間違いではなかった。

……神様は見ていますよ、というふわっとした論拠ではあるが。

第一王子を庇いたいわけではない。だが、やりすぎると狐へも反感が向くだろう。

第一王子が国王になることが、この国にとっていいとは思えないし、こうして貴族たちの前で派手に喧伝してしまった以上、なんのお咎めもなしというのは無理だ。よって王位継承権の剥奪については相応の処分だろう。だが、王族としての身分剥奪までは必要ないのではないだろうか。

今後の第一王子の行いによりそうなるとしても、私たちのことでそれが決定されるのは違うんじゃないかなと思うのだ。

第一王子にも非がある。狐にも非がある。そして——

「私はザイラードさんと出会って、聖女だと言われました。力のある女性を聖女と呼ぶのだと。王宮へ行く道も示されましたが、私のわがままで騎士団に逗留していました。混乱があるとは聞いていましたが、巻き込まれたくないという思いが強かったのです。今、振り返ってみれば、きちんと説明をすればよかったのではないかと感じています」

──私にも非がある。

疲れていて、やる気がなかった。いろいろと拗れる前にできることがあったかもしれないが、自分には関係ないかな、と暮らしてしまった。ハッピーライフ希望だったので。

私が私の非を感じている以上、第一王子の処分が重すぎると、私が気に病む。病む必要がないのはわかっているけれど、気に病んじゃうよね……。

国王も王妃も私人としてではなく、公人として動いているとわかる。が、国王の一瞬の反応や、王妃の表情から、やはり親は親であり、子との決別はつらいものであろうと感じるのだ。

私は今日、親と子の断絶の場面を見るためにここへ来たわけではない。

「聖女や魔女というのは正直よくわかりません。私にこうして、魔物とともに暮らせるような力があるのが現状です」

「彼女の力については俺から説明させてください」

力について伝えようとすると、ザイラードさんがそっと私の腰に手を添えた。

その瞬間、肩から力が抜ける。どうやら私は思ったよりも緊張していたらしい。

ここまで「ちょっと待ったぁ！」のノリで話していたが、大広間にいる国王、王妃、貴族たちの全員に伝えようとするのは大変なことだ。しかも、第一王子と狐と自分と。だれかに責任が重くかからないように、一人だけを悪くしないように話をするのは、細い綱の上を歩いているような心地だったんだよなぁ……。

ザイラードさんが隣にいてくれる。それがとても安心で——

「報告していた通りですが、この小さなものたちは、すべて伝説級の魔物です。——これがレジェンドドラゴンです」

ザイラードさんが私の右肩を示す。そこには白い小さなドラゴン。青い目がきゅるんとしていてかわいいね。

国王、王妃、貴族たち。全員がそこを見て、ぽかんとしている。

……ごめんね、ごめんね。伝説の魔物をこんな風にしちゃって……。

「これはシルバーフェンリル」

続いて、ザイラードさんが示したのは私の足元で、こてんと片足を投げ出して座っている白いポメラニアン。ちろりとのぞく舌がかわいいね。

そして、もちろん、みんなぽかん続行だ。

「これはアイスフェニックス」

最後にザイラードさんが示したのは、私のうしろでぼんやりと立っている水色のペンギン。今日も金色の瞳に光はない。虚無の円。

みんなのぽかんを感じるとともに、さっきまであった緊張感は0になった気がする。

第一王子の王位継承権とか身分がどうとか、狐が神の使いだとか、私ががんばって綱渡りをしながら説明をしたわけだが、もうみんなそんなの覚えてないかもしれないな。そうだね。なんの話だっけ？　ってなるよね。

「……伝説級の魔物たちが、彼女の手にかかるとこうなってしまうというのか」

「これが彼女の力です。これにより我が国は魔物から救われました」

国王や王妃は魔物たちをまじまじと見ているし、それは貴族たちも同じだろう。みんなの視線が集まっていることを感じる。

だが、やはり信じられないといった空気だ。それはそう。というわけで。

「戻れる？」

「任シトキ！」

水色のペンギンは私の視線を受け、自信たっぷりに頷いた。そして――

「「「っ……」」」

――水色のペンギンは、美しいアイスフェニックスへと変化した。

力を使っていないためか、騎士団に現れたときのような寒さはない。

クリスタルのような羽は大広間のシャンデリアの光を受け、きらきらと輝いている。これまで、ぽかんとしていたみんなも、その美しさに息を呑んだのがわかった。

大広間の天井は吹き抜けだが、それでもアイスフェニックスにはすこし窮屈だ。アイスフェニックスは足を折り、羽を畳み、首を下げ、できるだけ小さくなるような体勢をとっている。そして私へそっと頭を差し出したので、その冠羽を手でそっと撫でた。

「魔物は……まさに災害だ。魔物に人間の道理は通じない。倒すか倒されるか。あるいは魔物の気が変わるまでただ耐えるか。それしか道がない」

国王は神妙に呟いた。それにザイラードさんが自信たっぷりに頷いて……。

「はい。それを、彼女は変えたのです」

「「「おお……」」」

あ、今、ぽかんから畏敬へと変わった。貴族たちから、いい感じの声が漏れた。

「彼女は魔物を従えることができるだけではありません。魔物と契約し、その力を使うことができるのです。……今日はその力の一端を見せることができるよう、準備をしていただきました」

ザイラードさんが私へと視線を移した。

よし、わかった。ここであれである。打ち合わせしていたやつですね！

「下ろすね」

「ええ」

抱いていた狐を床へ下ろす。そしてアイスフェニックスのほうへそっと首を伸ばした。

「じゃあ、契約しよう」

「ヤットヤナ！」

アイスフェニックスの額と私の額が合わさる。あとは名前を呼び合うだけ。

「トール」

さあ、ここで、私もアイスフェニックスの名前を呼ぶ。

レジェド、シルフェとドーナッツ屋方式で命名してきたわけだが、今回はちょっと変えるつもりだ。私が付けた名前は――

「――クドウ」

――せやかて、である。

関西弁だから……。せやかてってなると、それはもうクドウってことなんよな……。

きらきらと光る私の体。貴族たちがほぅと感嘆の息をついたのがわかった。

それと同時に、アイスフェニックスは水色のペンギンへと姿を変えた。アイスフェニックスの姿のままでは大きすぎて室内では不便だからだろう。

「アイツラト名前ノ雰囲気チャウナ？」

「いや、そんなことないよ。一般的な名前だよ」

名付けられた水色のペンギン――クドウが首を傾げる。ので、ごまかすように抱き上げて、頭をよしよしと撫でた。

「マア、エエケド。コレデ、ワイモ、トールノ居場所ワカルシ。力モ渡セルデ？」

「そうか……」

そうなんだよね。契約をすると力をもらえる。ブレス、圧縮に次ぐ、新たな能力。今回はなんだろう？

「『セヤッ！』ッテ言ウト」

「言うと？」

「手カラ」

「手から？」

「氷ガ出ル」

「氷が……ね……」

——日本にいるお父さん、お母さん、元気ですか。元気でしょうね。

私は異世界の王宮で国王に謁見するという驚きの機会をもらっています。そこで水色のペンギンと契約をして——

「自動製氷機になりました……」

手から氷が出せる人間、それはもはや自動製氷機だね。冷蔵庫についてたら便利な機能ね。飲食店には欠かせないあれ。ドリンクバーのところにいるあいつなんよ……。

「契約はうまくいったようだな」

私が遠い目をしていると、ザイラードさんが声をかける。

その声に促され、貴族たちのほうを見ると、私を見る目が騎士団の人たちと同じようになっている。「ほぅ……」と漏れる息から察するに、ちゃんと聖女感があったようだ。

みんなの前で契約をして、私に力があるとアピールする作戦はうまくいったのだろう。

やっぱりきらきら光るのって見ていると、なんかすごい！ってなるんだろうな。

……自動製氷機だが。私は今、自動製氷機になっただけだが。

「すこしだけ力を使ってみるか？」

「えっと……手から氷が出るだけみたいですが、大丈夫ですか？」

「十分だ」

口からブレスを吐いたり、圧縮して物を粉々にしたりするよりは、氷を出すほうがいいだろう。

というわけで、抱き上げていたクドウを床へ下ろし、声をかけた。

「クドウ」

「任セテヤ！」

クドウの声と同時に、体がきらきらと光る。それにまた「おお……」と感嘆が聞こえた。

そして――

「……せや」

ちょっとだけ。ちょっとだけね。

左てのひらを上へと向け、そこへ氷が湧き出るような想像をする。

すると、想像通りにてのひらにザラザラザラーッと氷があふれた。そして、てのひらに載りきらなかった氷が光をはじきながら、床へと落ち——

「「おおおお……!!」」

感嘆が一気に大きくなる。

氷はただの四角ではなく、宝石のように複雑なカットで刻まれたものだったのだ。まるで、てのひらから大量の宝石を生成したように見えたのだろう。

「これは、氷、です。氷ですので」

みなさんにアナウンス。大切なことなので二回アナウンス。

違いますよ、みなさん。宝石ではありません。これは氷。氷ですよ。私はあの人気アニメ映画の黒い布を被った仮面と同じように、手から金を出す感じになってしまっていますが、違いますよ。このままでは私が受け取らない人を見つけたときに暴走してしまう展開が待ってしまうんでね。違いますからね。最初に言いますからね、私は。

熱狂は怖い。あと、冷たい。手が。

というわけで、ちょっとそこのウェイターのひと……なにか入れ物をこちらへ……。

右手でこっちこっちと招き、それそれと指差し。持ってきてくれたものに氷を入れた。

するとザイラードさんが、そのうちの一つをヒョイと手で掴み、口に入れ――

「いやいやいや、飲食できるかはわかりませんよ⁉」

焦る。ひぇって声が出た。

ガリリッてかみ砕いているけれども。ザイラードさん、ザイラードさん！　私が出した氷って怖くないのか……？

「うまいな」

「……そうですか」

ザイラードさんって度胸がすごい……。尊敬してしまう……。

その行動により、みんなも「宝石ではなく氷」だとすぐさま認識を改めることができたようだ。高価なものを前にしたぎらぎらとした欲のある目は消え、「氷でもすばらしいわ」という雰囲気になってくれた。よかった。

「……これで、疑うべくもないな」

一連のやりとりを見守っていた国王が低い声で呟いた。

そして、全員に聞こえるように朗々と語る。

「これまでたくさんの言説が出て、みなを混乱させたこともあったであろう。だが、異世界から来た女性は、自ら説明した上で、力を証明し、その混乱を収めた」

国王はそこまで言うと、一拍、呼吸を置いた。しんと静まる大広間に、異論を唱える者はいない。それを確認した国王は、ゆっくりと告げた。

「――救国の聖女様だ」

瞬間、ドッと歓声があふれた。そして、国王と妃は私に向かって、頭を下げて――

「これまでの非礼を詫びる」

――その言葉に続き、貴族たちが一斉に礼をとった。これは国王にではない。

……私にだ。

そのプレッシャーに私は一瞬、たじろぎそうになって……。でもぐっとこらえた。

私はこんな風にされるような人間ではない。だが、今はそれを受け取らなければならないのだ。

「今後については貴殿の望みを最大限に尊重していきたい」

「……もったいないお言葉です。ありがとうございます」

国王と妃は私の言葉を聞き、頭を上げた。その瞳は柔らかで……。

隣のザイラードさんを見れば、ザイラードさんも優しく瞳を細めてくれている。

うまくいった……のだと思う。ちゃんとやり切ったのだ、と。

私が魔女として、追放されたり、殺されたりする必要はない。そして、狐も罪に問われない。

第一王子は……王位継承権は失ってしまったけれど、でもザイラードさん曰く、そもそもあってなかったようなもの。むしろこれで、第二王子が継ぐのが明確になったのだから、国としては安定するかもしれない。

綱を渡り切って、やらなければならないことはやりきって。

ようやく肩の荷が下りたことと、充足感で自然と笑みが漏れる。が——

「……こんなのは、こんなのは……あぐぅ」

——第一王子だ。

「……もう、やめておけ」

ザイラードさんが眉を顰め、そっと近づく。

そう。これ以上あがいても、第一王子のためにならない。私のちょっと待ったぁ！　によって、回避された『王族の身分剝奪』が現実になってしまうだけ。

だから、ザイラードさんの言葉は、むしろ優しさだろう。が、第一王子はザイラードさんの手をバシッと払い除ける。

その行動に、私は小さく息を吐いた。

……私のやったことは意味がなかったのかもしれない。結局、第一王子は自分のやりたいこと、信じたいものを信じる。第一王子から見れば、私は悪のままなのだろう。

「間違ってる……まちがって……あ、ああ……」

「え……」

待て待て待て!? いやいやいや!?

「か、体が……っ!?」

俯き、頭を抱えた第一王子の服がバリバリバリッと破れた。

背中のところから一直線にね! で、なんかどんどん筋骨隆々になっていってる……!!

「あ、ぐぅ……あぐぅう……ううぅっ……あがああああああああああ!!」

その咆哮ともいえる声に、大広間には怒声と悲鳴が飛び交った。

……こんなことってあるんだね。

人間が違うものに変化するやつ。謎の町で謎のごはん食べすぎて豚になっちゃった両親的な……あんな感じのやつ。第二形態なやつ……。

第一王子の変貌が信じられず、呆然と見つめる。

ほかの人はというと、第一王子の変化に危機を察知したようで、逃げていく人が大半だ。

人々が大広間の出口へと向かっていく。

警備をしていた騎士や飲み物を運んでいた人たちが誘導しているようだ。

「陛下、あちらへ! あなたも一緒に——っ」

呆然としていた私を引き寄せてくれたのはザイラードさん。国王や王妃と一緒に、私に逃げるようにと伝えてくれる。けれど——

「ドコ……へ、行く――待テッ!!」

――第一王子が右手をこちらへ伸ばした。

その手は長く太くなっており、指先には禍々しいかぎ爪が生えている。これに掴まれたら、さすがにケガをする。

私が国王や王妃を庇うように動くと、そんな私を庇うようにザイラードさんも動く。

すると、足元にいた狐が毛を逆立てて、第一王子に向かって吠えた。

「カッ!!」

空気が破裂するような音がした途端、第一王子の体は不自然に止まる。これは……？

「これは、俺が動けなくなったときと同じ……。そうか、動きを止めることができるのか」

「そうよ！　いいから、みんな逃げて！」

第一王子から目を逸らさずに、狐が叫ぶ。

そういえば、女子高生姿の狐がアイスフェニックスへと近づいたとき、止めようとしたザイラードさんの体が動かなくなったようだった。あれは狐の力だったのかもしれない。で、今はそれを第一王子に使っている、と。

「グゥゥゥゥ……ッ」

第一王子は意思に反して、無理やり動きを抑えられているのだろう。低い唸り声は忌々しそうだ。その間にも変化は進み、体はさらに大きくなり、左手も長く太くなっていく。

先に変化が始まっていた右手の皮膚からは毛が生えてきているようだ。

ここに狐を置いていくわけにはいかない。

私はザイラードさんの陰から出て、狐に手を伸ばした。

「こっちに……っ」

「いいの!!」

でも、そんな私の行動を遮るように、狐は叫んだ。

「動いたら力を破られるっ。いいから!」

その声の必死さから、第一王子が動かないよう、今も力を使っているのがわかる。小さな狐の四肢はぐっと床を押し、逆立った毛や鋭い視線からも緊張感が見て取れた。

狐が力を使っているのは、自分のためじゃない。小さな体ならば、一人で逃げ出したほうが早いのだから。

今、その身を挺してくれているのは、きっと私やみんなのためだろう。

「……一緒だって、言ったよ」

王宮に来る前に、一人じゃないよって伝えた。だから――

「ザイラードさん!」

――私の隣にいる、すごくすごく頼れる人。

私ではすぐに良案は思いつかないけれど、ザイラードさんなら!

期待を込めて見上げれば「わかった」とすぐに頷いてくれた。そして、一点を指差す。

「あそこだ！」

指差した先にあったのは……掃き出し窓？　観音開きの大きな窓はテラスにでも繋がっているのだろう。

国王や王妃は大広間の奥の扉へと避難し、人々は反対側の出口を使っている。ザイラードさんの指差した先に人影はなかった。

「まずは外へ出そう！　ここで暴れられ建物が崩壊し、全員が生き埋めになるのが一番良くない」

「はいっ！」

なるほど、と頷く。

体がどんどん大きくなっている第一王子。それを外へ移動させるなど普通はできない。

でも、私なら――！

「そのまま動きを止めていて！」

狐に声をかけ、私は掃き出し窓へと体の向きを変えた。

ちょうどここから一直線！　いける！

「レジェド！」

「オウ！」

私の声に、すぐにレジェドが応えてくれる。

体がきらきらと光れば、力の授受はOK！

『『とう！』』

いつもより力を込めております！

すると、私の口から出たブレスはまっすぐに掃き出し窓へと向かった。

ガシャガシャーンッ！　とガラスの割れる音と周囲の壁の壊れる音。

あの窓どれぐらいの値段かな……って一瞬、怖いことが頭をよぎったが、今はそれよりも大事なことがある。

「シルフェ！」

「ウン！」

シルフェに声をかけながら、ドレス姿で第一王子の許へと走る。

すると、私と破壊した掃き出し窓（今はぽっかりと穴が空いた壁）が一直線に並び、その線上に第一王子が重なる。あとはここから、第一王子を吹き飛ばすだけ！

『『えいっ！』』

唸れ右手！

圧縮された空気は、どんどん体が大きくなっていく第一王子の下腹部あたりで破裂した。

女子高生姿の狐を吹き飛ばしたときよりも、気持ち強めに！

「グアぁッ――アアアッ!!」

体を動かすことができなかった第一王子は私の空気圧縮をまともに受け、背中から壁の穴へと突っ込んでいく。

大きめに空けたつもりだったけれど、思ったよりも急速に大きくなる体は穴には収まらず、すこしだけ周囲の壁を破壊した。

「力抜いて大丈夫だよ！」

狐に声をかけ、私も急いで壁の穴へと向かう。

大広間からはほとんどの人が退避できたようだが、何人かが私の姿を見て、驚いているようだった。

私の隣へはザイラードさんが並び、ドレスで走りにくい私をサポートしてくれる。

「オレ、タタカウ！」

「ボクモ、タタカウ！」

「ワイモ、戦ウデ！」

「私も！」

そんな私の周りに魔物たちと、狐が続き――

「ガァッ……アアアアアアアアアアアアッ!!」

壁の穴から抜けようとしたとき、一段と大きい咆哮が聞こえた。

あまりの大きさに、ビリビリと王宮全体が揺れているようだ。

怖気づきそうになる心を押し込め、壁の穴から外へ出る。

そこは王宮の中庭だったようで――

「……これは……」

さすがは王宮の中庭。しっかりと整備され、散策しやすいように石のタイルが敷かれていた。

規模は大きく、王宮が三つぐらいは入りそうだ。非常に大きな庭園。

道の周囲の庭木は手入れされ、きれいに剪定されている。

咲き誇る色とりどりのバラが夜の明かりを受けて、輝いていた。

「ウグゥゥゥ……」

そのバラの木をグシャリと踏みつぶすのは獅子のような大きくて太いうしろ脚。石のタイルにめり込むかぎ爪は鳥のようで、その前脚には羽毛が生えていた。

そして、背中から生える翼を広げれば、夜空が翳った。

上半身は鷲。下半身は獅子。緋色の体毛は黄金色も交じっている。

体は巨大で王宮と同じぐらい。もし、大広間から出していなければ、大変なことになっていただろう。

「これは……国旗に描かれていた……」

そう。この姿は何度も見たことがある。国旗の中にいたあの動物。ザイラードさんが教えてくれた、あの……。

「フレアグリフォンだ……」

ザイラードさんが呆然と呟く。

……もう、第一王子の面影はない。王宮の中庭には、巨大な魔物が鎮座していた。

「フレアグリフォン、ですか……」

フレアグリフォンは変化をしたばかりだからか、まだ動いていない。ただ、「グゥゥ」と低く唸る声だけが響いている。

私はその巨体を見上げ、ぼそりと呟いた。

「人間って魔物になるんです……？」

異世界の常識的な……？　私が知らないだけで、実はみんな魔物になるのかもしれない。

レジェドやシルフェも元は人間だったのかもしれない。

だれに聞くともなく呟くと、答えたのは水色のペンギン。

「アリエヘンワ」

「やっぱり？」

「魔物ハ生マレタトキカラ、魔物ヤ」

どうやらこの世界の人間が、追い詰められると魔物になるというわけではないようだ。

じゃあ、なんで第一王子はこんなことに……？

首を傾げると、レジェドが声を発した。

「デモ、オレ、ニオイシタ」

「匂い？」

「ソウダ。オレトオナジ。魔物ノニオイダ」

「第一王子から魔物の匂い……。ずっと？」

「最初カラ」

その青い目はじっとフレアグリフォンを見上げる。そして、ザイラードさんを見て——

「オマエモダ」

「え……？　ザイラードさんも？」

ザイラードさんにも魔物の匂いがする？

驚いて目を開けば、同調するようにシルフェも元気に声を上げた。

「ウン！　アト、アッチノニモ！」

シルフェはそう言うと、国王が去った場所へと視線を向けた。

つまり、ザイラードさん、第一王子、国王から魔物の匂いがするってこと？

「もしかしたら……」

レジェドとシルフェの言葉を受け、ザイラードさんは考えるように呟いた。

「大広間に入る前に話したことを覚えているか？」

「えっと……あ、建国の謂れのことですか？」

「ああ。フレアグリフォンを初代国王が倒し、王家には今も魔物の影響がある、と。それがただの伝説ではなく、俺たち王族は……こうしてフレアグリフォンになってしまう可能性があるのかもしれない」

　ということは……。

「俺がこうなってもおかしくなかった……のか……」

　ザイラードさんはそう言うと、いつから持っていたのか、剣を鞘から抜いた。

　銀色の刀身が星の光を浴び、光る。

　その光を見て、フレアグリフォンの目がギロッと動いた。

「ナゼ……私の言うことを、だれも信じない……？」

　フレアグリフォンの目はザイラードさんを通り過ぎ、私を見る。じっと私を見つめる色は、第一王子が人間だったときと同じ琥珀色だ。

「昔から……ソウダ。ズット……」

　動かないフレアグリフォンはそう言うと、空に向かって高く吠えた。

「コンナ国、ナクナッテシマエバッ……!!」

　けれど、それを耐えるかのように右前脚で、自分の頭を押さえた。

「いや、違う、そうじゃなく……ウグゥ」

その姿を見て、思わずザイラードさんを見上げる。ザイラードさんも同じ気持ちだったようで、私としっかり目が合った。これは——

「自分の中で戦ってますね」

「ああ……。まだ完全に魔物化したわけじゃないのかもしれない」

二人で頷き合う。

——だとするならば、まだ戻れるはずだ。

第一王子のこれまでの言動や行動を支持するつもりは一つもない。王位継承権をなくし、身分剝奪までされそうになったのも、第一王子自身の選んだ道だ。

王族の身分剝奪については、家族の情も考え、止めた。が、結果として、第一王子はこうなってしまい……。もしもそれが……。魔物の影響だとするならば……。

きっかけは——たぶん、追い詰められたから。

第一王子がおかしくなったのは、国王が私に礼をとったあたりだ。それがきっかけだとすれば、私にも関係がある。

まだ……戻れるのならば。この声が届くのならば——

「落ち着け。自分を抑えるんだ。お前はまだ元に戻れるはずだ」

ザイラードさんが声を上げる。

「ザイラード……オマエニハ、わからない。争いもせず、王位を譲ったオマエニハ……」

「そうかもしれない。だが、俺も魔物になる可能性があった。……今もあるのかもしれない。すべての王族に関係があるというのならば、お前の姿はお前だけの責任ではない」

「責任……」

フレアグリフォンはそう呟くと、頭から前脚を外した。

「私は王にナリタカッタ。……王ニナレルト信じてホシカッタ。……それダケなんだ」

「信頼は最初からあるものではない。苦しいこともあるが、積み上げていくしかない」

「積み上ゲル……」

「今、お前は魔物になっている。だが、お前ならば元に戻れるはずだ。――信じる」

ザイラードさんのまっすぐなエメラルドグリーンの目が琥珀色の目と交差する。

低く落ち着いた声は心に響く。

「グゥゥゥウウウウウッ！」

その声で、フレアグリフォンは苦しそうに呻いた。きっと、戦っているのだろう。

がんばれ！　いけるぞ！　信じてるぞ！　今はめちゃくちゃ信じるぞ!!

第一王子は「昔からだれも信じてくれない」と言っているが、今この場では私もザイラードさんも第一王子を信じている。できる。できるよ！

期待を込めて見上げる。

すると、フレアグリフォンは縋るように私を見た。苦しいのだろう。助けてほしいのだろう。ので、「大丈夫だ！」「できる！」と気持ちを込めて頷いてやる。この気持ちが第一王子の力になるように。

すると――

「逆に考えれば……」

フレアグリフォンは今まで苦しんでいたのが嘘のように、パッと明るい顔をした。

「――魔物の力があれば、私が王になれる」

「「おい」」

私とザイラードさんの声が被った。

なんでそうなった？　おい。違うだろ。感動的エンディングに向かっていけよ。

～魔物化した第一王子は叔父の助言を受け、魔物の呪いを打ち破り、人間へと戻りました。人間へと戻った第一王子は、これまでの行いを反省し、王位継承する第二王子を支えていくと決めたのです。もちろんまだ未熟なところはあります。けれど、彼は周りの忠告をよく聞き、職務に励みました～

Ｆｉｎ.

こうだろう。なんで今、逆に考えた？　本当にそういうところが第一王子ィ。

魔物にならないようにがんばっているのかと、信じて応援してみたらこれだもんね。前向きに魔物化を受け入れた上で、まだ玉座を狙ってるじゃん。

「魔物が混じっていたから性格が悪いわけじゃない。性格が悪いから魔物になったんだな」

「……ですね」

顔を輝かせるフレアグリフォンを見て、ザイラードさんが辛辣に言い放った。

もはや、私にも頷くしか術がない。

魔物になってしまってかわいそう……！　的な一時の同情心に惑わされて、感動的なエンディングを夢見てしまった。

魔物として生きることを受け入れる行動力と決断力はすごいが、そうじゃない。そうじゃないんだよな……。

「ハハハハッ！　気分がいい！　この力を拒否する必要はない！　受け入れればこんなにも爽快だ！」

フレアグリフォンが高らかに叫ぶ。すごく楽しそうだ。

最初に聖女だと名乗っていた狐と一緒にいた第一王子もこんなだったな。懐かしいね。

「ふんっ！　なにが聖女だ。この力があれば聖女の力を借りずとも、この国を掌握できる。人間の姿は捨ててしまったが……。まあ、些事だ」

些事か？　すごいな。そういう決断力？　みたいなのはあるんだよな……。ザイラードさん曰(いわ)く、それが悪い方向へ行くらしいが。今、まさにそれ。

「ザイラードさん……」

「ああ。これはもう人間に戻ることはないだろう。このままにしておけば国……先には世界を脅(おびや)かす可能性もある」

「あー……」

たしかに。国王になれれば十分だとここに留(とど)まるだけならいいが、やろうと思えば世界征服(せいふく)も可能なのかもしれない。

なんせ、力の強い魔物は災害。そして、災害は意思がないから災害で済むのだ。

レジェドもシルフェもクドウも。人間を統治したいだとか、王になりたいだとかの願望はないだろう。

たまたまそこにあった国を滅(ほろ)ぼした。たまたまそこにあった山を掘(ほ)った。たまたま移動してあたりを氷河期にした。そういうものだ。

だが、第一王子にはしっかりと意思があり、願望がある。

人間の考え方をした魔物の力を持つ者がいたとすれば、それは世界の脅威(きょうい)だろう。

そこまで考えて、ふと、ある考えが浮(う)かんだ。

「私がこの世界へ来たのは――」

ふわふわとした夢。聞いた言葉が蘇(よみがえ)る。

『この世界をよろしく』

と。あの言葉はもしかしたら……。

「ザイラードさん」

隣の頼れる人を見上げる。もしかしたら魔物になっていたかもしれない人。……今後もその可能性があるのかもしれない。そう思えば、胸がきゅっと締め付けられた。

……魔物になったのが、この人じゃなくて良かった。

「陛下への説明は俺がする。第一王子の変化も見ているし、理解してくれるだろう」

「では……」

やってみせましょう！

「第一王子は私の力をご存じですよね」

上機嫌なフレアグリフォンに声をかける。フレアグリフォンはふんっと鼻を鳴らした。

「お前の力？　魔物と契約し、その力を授受できる……。……あとは、魔物を……小型化し……従えることが……できる？」

上機嫌だった顔が、一言一言、発するごとに青くなっていく。

気づいたのだろう。魔物の前で私はほぼ無敵だということ。そして――自分の今後に。

フレアグリフォンの顔が恐怖の色に染まった。

「や……待て、やめてくれ……。私は、私はやっとこの国を治める力を得たのだ！」

「でも、ここは人間の国ですしね。人間による統治がいいと思います。あと、上に立つ人は暴力ではなく、知力や人間性、ほかいろいろで治めるのが現代的かと考えます」

「いやだっ、待て、話し合い……いや、くそっ……私がこんなよくわからない人間に仕えるのか……!?　くそぉおおおお！」

「仕えなくてもいいです。ただちょっと体を小さくして、ちょっと凶暴性を抜きましょう。あとはどこで暮らしてもいいですから」

異世界で魔物をペット化できる能力が目覚めていてよかったね。

魔物の力で国王になろうとする人間の、野望を断てる！

「やめ……うわぁああああ!!」

フレアグリフォンはその巨体に見合わない悲鳴を上げると、くるりと背を翻した。そして、翼を広げ、空へと飛び立とうとし——

「かわいくなぁれ！」

——それが叶うことはなかった。

私に右手をかざされた巨体はみるみる小さくなっていく。飛び立とうとした翼は消え、鷲の体はなくなる。そうして現れたのは——

「うう……」

オレンジ色の毛皮には縞模様が入っていてもふもふ。三角の耳がピンと立っている。

驚いたように見開かれたアーモンド形の目は琥珀色だ。不機嫌そうに揺れる長いしっぽもしましまで、ちらりと見えた肉球はふんわり桜色だった。

「これはかわいい……」

——明るい茶トラの猫ですね！

こうして、人間の意思を持つ魔物という、世界を揺るがす存在は消えた。

残ったのは、両手で抱えられる、オレンジ色の毛皮がかわいい茶トラの猫だ。

国王や王妃は息子である第一王子の変化に驚いたものの、現実を受け止め、「生きていてよかった」と呟いた。

聖女としての力を見せ、国王からの謝罪を受けた私は、聖女としての地位を得て、この国に認められた存在として生きていけるらしい。

第一王子の事件についても、被害は王宮の窓と壁の一部。あとは第一王子自身が猫になってしまったこと。

大事件が起こったにしては、被害も最小で済んだため、私の株は上がりに上がっている。

私が力を使ったのを目撃した貴族や騎士、侍従たちが話を広めたらしく、『魔物になってしまった王子を癒す聖女』という物語が流行りに流行っていると聞いた。

……実際には悲鳴を上げる第一王子に手をかざしただけだが。全然、感動的な物語になりようがないけどね。

そして、国王は私に問うた。欲しいものはあるか？と。

聖女として、国をあげて私の望みを叶えてくれるらしい。

というわけで、私は——

「今日もいい天気！」

「ソウダナ！」

「ソウダネ！」

「セヤナ」

——第七騎士団へと戻り、ハッピーライフを再開しています！

右肩には白いドラゴン、足元には白いポメラニアンと水色のペンギン。

なんでも叶えてくれると言っていたが、私はここでゆっくりさせてもらえれば、本当に幸せだ。かわいい魔物たちがいれば、もはや楽園と言える。

「お腹が空いたわ！」

「そうだねぇ。食べに行こうか」

ソファの上でピョンと飛んだのは女子高生の黒い狐。

あれから王宮に帰らず、なぜか私の部屋にいる。ずっといる。

「にしても、王宮に戻らなくていいの？」

「一緒にいるって言ったでしょ！」

「うーん……。あれは一緒に説明をするよってだけで……」

「なに！　不満なの⁉」

不満というか……。

「ちゃんと話もして神の使いだってわかってもらったから、この国を追われることもないし、王宮で信仰を集めるのもいいと思うんだけど……」

そう。第一王子といた王宮では立場がはっきりせず大変だっただろうが、今なら大丈夫なはずだ。ここにいるより、狐の夢が叶う気がするけどなぁ。

「もう、いいの！……私はここにいたいの」

元気だった声が途端にしょんぼりとする。大きな耳もぺたっと折れて――

「王宮だと……一人だし……」

――ああ、もうっ！

「かわいい……かわいいね……っ」

私はソファに座る黒い狐をぎゅうっと抱きしめていた。

いようじゃないか。一緒に。

「朝からなにをしているんだ？　本当に品がないな」

そんな私にフンッと鼻で笑った声が届く。声の主は――

「君もなんでいるんだろうね……」

「そんなことは私が聞きたい！　なんで私がこんな目にあわねばならないんだ!!」

――猫になった第一王子だ。

「お前が私をこんな姿にしたせいで散々だ！　服も着られない、手で食事も摂れない、水を浴びるのが嫌いになり、人間としての生活がすべてなくなった……っ！」

「それはまあ、猫ですしね」

「ぐぅぅ」

第一王子は右前足で器用に頭を抱える。どうやら人間としての尊厳を失ってしまったらしい。……まあ猫だしな。

「あのとき魔物の力を受け入れなければ、人間に戻れる可能性があったのでは？」

「ぐぅぅ」

第一王子は左前足でさらに頭を抱えた。

私たちが、人間やめて！　と言ったわけではないからな。自分で選んだ魔物化。そこからのペット化。自業自得。というわけで……。

「王宮へお帰り……」

「こんな姿で王宮にいてもバカにされるだけだ！　恥さらしだ！」

「じゃあ森へお帰り……」

「第一王子だぞ！　人間だったんだ！　そんな獣のように森で暮らせるか！」

何百回も繰り返したやりとり。でも、結局、第一王子の行く場所はない。そして――

「父上と母上はよりによってザイラードに私を託してしまった……。あいつと一緒にいてもなにもいいことがない。訓練訓練訓練、仕事仕事仕事、勉強勉強勉強……。どうして人間だったときより、今のほうがやることが多いんだ⁉」

「それはザイラードさんがいい上司だからですねぇ……」

さすがザイラードさん。第一王子の再教育をしている。ザイラードさんがやることならば間違いないだろう。

うんうんと一人で頷く。すると、コンコンと扉をノックされた。現れたのは――

「ザイラードさん」

「ああ、気分はどうだ？」

いつものように朝食へ迎えに来てくれたザイラードさんは、王宮で見たときとは違い、騎士団の服を着ている。

「ひっ」

ちょうど話していた人物が現れたことで、第一王子は非常に怖かったようだ。ビビビッと背中の毛を逆立たせ、急いで私から離れていく。

棚の上へとジャンプする後ろ姿を見ていると、思わず――

「……かわいい」

第一王子自体にはまったく好印象はない。だが、猫のそういう仕草を見ると、やっぱりかわいいんだよなぁ……。猫ってすごい。猫ってこわい。

第一王子が棚と天井の隙間にはまろうと必死な姿をぼんやりと眺める。

こうしてみると、王宮でのことが白昼夢みたいだ。

あんなにいろいろ考えて、責任を果たして、やることをやるのはしばらくしたくない。

「またここに来ていたのか。朝食の前の自学は終わったのか？」

「お、終わった！　終わったから、今日は洗わないでくれ!!」

これは魂の叫び。

ザイラードさんに声をかけられて、焦った第一王子の右うしろ足がずるりと棚から落ちる。その途端ピンクの肉球がちらりと見えた。

「申し訳ない。またエルグリーグが邪魔をしたな」

「あー、そうですね。でも、あの姿は割と好きなので、眺めるだけなら癒されちゃうんですよね……」

そう。猫の姿だから、ついつい部屋にも入れてしまう。自分がこわい。

すると、ザイラードさんがふむ、と考え込んで……。

「俺も……魔物になれば、あなたにそんな目を向けてもらえるのだろうか……」

「ええ？」

すごく真剣に言うからどんな内容かと思えば、どうやら第一王子の猫の姿に対抗？　しているようだ。

「ザイラードさんはすごくかっこよかったですよ」

笑いながらそう伝えれば、ザイラードさんは器用に片眉だけを上げた。

正装のザイラードさんはすごくかっこよかった。そして、普段のザイラードさんも十分素敵だ。それに――

「ザイラードさんにはこのままでいてほしいです」

……これからもずっと。

第一王子のように魔物になったり、それを私がペット化したり。そういうのとは無縁であってほしいと思う。

そう思えば自然の言葉が出て――

「私……あのとき、ザイラードさんが魔物にならなくてよかったなって思ったんです」

「あのとき……？　ああ、王宮でのことか？」

「はい」

「……ザイラードさんとは人間として接していたいというか」

なにも考えずに出た言葉だったので、自分でもなにを言っているかよくわからない。

なんていうか……。どう言えばいいんだろう。

魔物たちはとてもかわいい。私を好きでいてくれるのがわかるし、信頼も感じる。とても強いし、契約で結ばれているから安心だ。

「人間同士だと……いろいろとあるじゃないですか。その……相手の気持ちや考えがわからなかったり、不安になったり。……いやなことを言ったり、喧嘩したり、すれ違ったりすると思うんです。文句を言いたくなったり。……でも、伝わらないなって諦めたり」

楽しいことだけならいい。でも、そうじゃないこともたくさんある。

元の世界にいた私はそういうことにも疲れていた。

仕事でへとへとになり、上司に嫌味を言われ、先輩に笑われ、同僚にも相談できない。ただ……一人で心にしまい込んでいた。

だって――疲れるから。

「そういう人間とのやりとりに疲れていたので……。魔物たちと一緒にいると楽しくて、本当に癒されるんです」

レジェドもシルフェもまっすぐで。その目を見れば「大好きだよ」って言ってくれているのがわかる。そんな二人がとてもかわいいし、それはクドウも一緒だ。

クドウは言葉も上手だから、会話のやりとりも多いが。根底にはそういう気持ちがお互いにあるのがわかる。そして――

「私は……その……」

私は一瞬悩んで……。こんなこと言うのはやめようって……いつもなら諦める。

わかってもらえなくていいし、わかってもらうために話をするほうが疲れるのだ。

でも……。

「ザイラードさんとなら、疲れてもいいというか……」

諦めたくないというか……。

「伝わってます……？」

さっきから自分で言ってて、全然意味が分からない。

なに言ってるんだろう、自分。「あなたと一緒なら疲れてもいい」って言われて、うれしい人いる？　いないよね……。

「あー……忘れてください。すみません」

突然、今までの自分の話が恥ずかしくなって、言葉を切る。

すると、そっと手を取られて——

「忘れない」

「え？」

低い声に促されるように顔を上げる。

すると、そこにはうっとりととろけているエメラルドグリーンの瞳があった。

「えっと……？」

取られた手が、ザイラードさんの胸へ当てられる。

よくわからなくて首を傾げれば、ザイラードさんはふっと笑った。

「俺の胸の音。聞こえないか？」

「胸の音……」

そう言われて、てのひらに集中してみれば、トクトクトクという鼓動を感じた。その音が……思ったよりも速くて強い。これは——

「気づけば、あなたといるとき、胸が高鳴るようになった」

——ザイラードさんの心音が伝わる。

気づけば、私の胸も速く、強くなり始めて……。

「俺もだ。俺もずっと疲れていた」

囁かれた声は低い。

「子どもの頃、兄である第一王子と俺、どちらが王に相応しいか。いつも比べられ、批評され……。そういう生まれなのだからしかたがない。そう思っていたが、俺はそんな世界に疲れていた」

伝えられたのはザイラードさんの過去。

「兄は王として問題がないと思った。もちろん俺が王位に就きたいと願えば、競うことは可能だっただろう。けれど、俺は王として生きることや、王宮での華やかな暮らしよりも、国境の騎士団で暮らしていくことを選んだ」

話を聞いて、私はなるほど、と頷いた。

疲れ切ってこの世界に来た私。そんな私の意思を尊重し、ハッピーライフを叶えてくれようとしたザイラードさん。それはきっと――

「最初にあなたと出会ったとき。王宮よりもここでゆっくり暮らしたいと話したあなたを見て、俺は『同じだ』と感じたんだ」

――ザイラードさんの選択と、私の選択が一緒だったから。

「俺の周りには上を目指す女性が多くてな。王宮で華やかな暮らしをしたがるものが多い。もちろん、あなたのような女性もいたのだろうが、巡り合うことはなかった」

「ザイラードさんは王弟殿下です。そこはやはり、しっかりとした女性が多くいて当然ですよね。私みたいなやる気がない人では困りますし」

ザイラードさんの言葉に、うんうんと頷く。

適材適所。大事。国のためにも。

「一緒にキイチゴを摘むことを楽しんでくれ、釣りの話をすれば喜んでくれる。木陰のテーブルとイスしかない休憩所にもあなたはわくわくしてくれた。そういうあなたを見ていると、心が弾むんだ」

「な、なるほど……」

話としてはわかる。

私も一緒に楽しんでくれるザイラードさんがいると、一人よりも楽しかった。

だからわかるんだけども、ちょっと、……そう、気づけば距離が近い。

ザイラードさんの胸に当てた手はそのまま引き寄せられ、気づけば私は抱きしめられるような形になっている……！

「俺は面倒なことが嫌いだ。だからどれだけ離宮の侍女たちに言われても、女性とどうこうする気にならなかった。……そういう女性関係で疲れるぐらいなら、なにもしないほうが楽だからな」

ザイラードさんのとろけたエメラルドグリーンの瞳が私を射貫く。

甘い色のそれから目が離せなくて――

「だから――あなたの言葉の意味が分かる」

「あ、……そうです？」

私は私の言葉がちょっとわからないが。どうやらザイラードさんには伝わったらしい。

「あなたは……俺となら、疲れてもいいと言ってくれた」

「はい」

そう……思ったのだ。

ザイラードさんにはわかってもらえるように話をしたい。諦めたくない、と。一人で心に閉じ込めるのではなく、やりとりをしていきたい、と。

「それは——俺と恋愛してもいい、と」

耳元で囁かれる低い声に、じんと腰のあたりが痺れた。

「そういうことだろう？」

「うぇっ⁉」

思ってもみなかった言葉に、びっくりして声が漏れる。

そ、そうなんだろうか？　そうなるのかな……⁉

魔物だと楽だけど、ザイラードさんには人間でいてほしい。そして、……疲れてもいいから一緒にいたいという、この気持ちは——？

「……名前を呼びたい」

「な、まえ。ですか？」

「ああ。あなたの名前が呼びたい」

耳元でそう乞われれば、否という言葉はまったく浮かばない。

混乱のまま、なんとかこの場をしのぐために、こくこくと何度も頷けば、くくっと笑う声が聞こえた。そして——

「トール。好きだ」

「〜〜っ⁉」

んっぐぅ。

「好きだ、トール」

んっぐ……んっ。

胸がぎゅうぎゅうぎゅうって潰れる。

無理かもしれない。なんだこれ。無理。

「あのっ、ちょっとこれ、は、その、ちょっと、そう、疲れたので……退室を……」

しんどさがすごいので……。ちょっとこれにて……。

ザイラードさんから逃れようと、体を引く。

すると、さっきよりも強い力でぐっと引き寄せられた。気づけば、目の前にザイラードさんのきらきらと輝くエメラルドグリーンの瞳があって——

「疲れてもいいんだろ？」

——ザイラードさんが悪い顔で笑う。

「た、たしかに」

そう言った。私が、ついさっき、自分から。

頷くと、ザイラードさんはそっと私の頬に手を寄せる。

そして、体を引き寄せる強い力とは反対に、優しく温かいその手。いつでも安心させてくれて……。そして、今はそれだけじゃない。どきどきと胸の鼓動を速くさせる。でも、

いやじゃない。……もっと触れていたい。

思わずそこに手を重ねれば——

「好きだ」

——唇に優しい感触が残った。

あとがき

手に取っていただきありがとうございます。しっぽタヌキです。

本作は「カクヨム」という小説投稿サイトに投稿したものです。私はＷＥＢ上のエディタを使い、直接打ち込み、小説を書いています。たくさんの投稿サイト様がありますが、カクヨム様のエディタはとても使いやすく、重宝しています。ありがたい……。

疲れていても読める小説が書きたいなと思って書きました。あはははっと笑って、ちょっとじーんとして。読み終わったあとに、すこしでも穏やかな気持ちになれたらいいな、と思います。

私自身、動物を飼っていまして、いつも癒されています。かわいさやいとしさ、一緒に過ごすことで流れる温かな時間。そういうものが伝わっていたら幸いです。

ここからは謝辞です。たくさんの方にお力添えを頂きました。

まずは編集様。よくわからないタヌキにお付き合いいただきありがとうございます。見捨てずにいてもらえるとうれしいです。

次にイラストを担当していただいたまろ先生。とても素敵な透とかっこいいザイラード、かわいい魔物たちをありがとうございました！

そして、この本の制作に関わってくださった方々へ。みなさんのお力のおかげで発刊です。ありがとうございました。

最後になりますが、なによりも本を手に取ってくださったあなたに。

たくさんある本の中で、この本を手に取っていただきありがとうございます。本作を読んで笑ってもらえれば本当にうれしいです、

疲れて、しんどくて。なにも考えたくなくて。ようやく終わった一日が、明日にはまた来てしまう。それがイヤで眠りたくない夜。

できるなら、そんな夜はありませんように。でも、もしあったなら……。

この作品がそんな夜をともに過ごす、たくさんある星の一つになれますように。

一緒に生きている今に感謝を。がんばっているあなたに敬意を。

またどこかで、会えたらいいな。

しっぽタヌキ

「魔物をペット化する能力が目覚めました うちの子、可愛いけれど最強です!?」の感想をお寄せください。
おたよりのあて先
〒102-8177 東京都千代田区富士見2-13-3
株式会社KADOKAWA 角川ビーンズ文庫編集部気付
「しっぽタヌキ」先生・「まろ」先生
また、編集部へのご意見ご希望は、同じ住所で「ビーンズ文庫編集部」
までお寄せください。

魔物をペット化する能力が目覚めました
うちの子、可愛いけれど最強です!?

しっぽタヌキ

角川ビーンズ文庫 23455

令和4年12月1日 初版発行

発行者――山下直久
発 行――株式会社KADOKAWA
〒102-8177 東京都千代田区富士見2-13-3
電話 0570-002-301(ナビダイヤル)
印刷所――株式会社暁印刷
製本所――本間製本株式会社
装幀者――micro fish

ISBN978-4-04-113234-0C0193 定価はカバーに表示してあります。 ◇◇◇

シリーズ
好評発売中！
やり直し令嬢は
竜帝陛下を攻略中
WEBで
話題！
人生２周目は10歳の
竜妃サマ!?
しかも敵だった陛下に
求婚してました
永瀬さらさ
イラスト 藤未都也
婚約破棄された王太子と出会った場に、時間が戻った令嬢・ジル。破滅ルート回避のためとっさに求婚した相手は闇落ち予定の皇帝ハディス!?　だが城でおいしいご飯を作ってもらい——決めた。人生やり直し、彼を幸せにします！

●角川ビーンズ文庫●